U0105429

讓青春的意象遄飛

——二〇一三年【假日文學寫作班】學生作品精選集

| 第二輯 |

總策劃 | 羅美娥　主編 | 蒲基維

融入學習共同體精神的作文教學

學習共同體教室風景：
生命故事的閱讀與書寫——文本讀後討論

學習共同體教室風景：
生命故事的閱讀與書寫 —— 尋找相互見證的人生伯樂

學習共同體教室風景：
飲食文學讀寫 —— 討論臺灣老街的美食創意

北埔老街巡禮：「金廣福」古厝沿革導覽

北埔老街巡禮：客家茶坊師生留影

北埔老街巡禮：體驗客家擂茶

北埔老街巡禮：親嚐初夏老街古井的清涼

目　次

校長的話

　　受惠於教育部高中優質化政策，本校今年進入優質化計畫第二年。有了經費的挹注，教師可以依據個人專長、興趣、學生需求，在課程設計與教學上有更多揮灑的空間，進而使得學生學習的內容不再限於教科書，學習的地點由學校延伸到社區，學習的方式從傳統的講光抄改變成聽、問、動手做並用，學習成果的展現不再只有冰冷的分數而是有想法、有情感、有創意的報告或文章。由蒲基維老師帶領的文學寫作營就是其中的例子！

　　蒲老師是文學博士又是辭章學專家，擁有深厚的閱讀與寫作實力，以致能夠以語文訓練為圓心，以跨領域寫作為半徑，畫出了全人教育為中心的同心圓。一〇一年學生的作品彙集成冊，編印成「讓青春的意象遄飛」一書。今年蒲老師重新構思課程內容，循著跨越學科界線→探索→觀察思辨→綜合與創造四道階梯逐步攀升。由於主題取材多元，涵蓋生命教育、自然、歷史、地理、美食等範疇，符合學生學習經驗，在引導過程之中，老師又能設計具有挑戰性的問題，讓同學透過聆聽、對話，彼此激盪，以致能夠運用想像力與情感筆觸，展現多元的文采風貌！

　　閱讀與書寫課程一般很難與戶外教學相連結，蒲老師則安排過北埔與大溪老街巡禮，參與當中的我，對於老師的諄諄教導、師生之間良好的互動與學生充滿探索、求知的眼神，都十分懷念！此外，老師也很細心挑選餐廳，透過客家美食觸動舌尖，致能使學生的字裡行間創造出對飲食的獨特認知與感覺，讓閱讀的人彷彿也在參與美食饗宴一般！

　　令人感佩的是，蒲老師、同學以及協助的師長對於假日到校上學、上班或額外負擔並不以為苦，主要是大家都擁有同樣一顆追求更真、更善、更美的心願，憑藉著毅力、熱情與夢想，齊心齊力朝向目標前進，完成階段性任務！期待未來有更多的師長與學生參與，讓閱讀與寫作成為西松學子的核心能力！西松的校園處處飄散文學創作的馨香氣息！

前言

我對語文教學的堅持與等待

夏至後的豔陽依然肆無忌憚地烤熱整個臺北市的天空，西松校園的粉紅色磚牆正閃爍著耀眼而溫潤的光芒。當鳳凰花開，木棉花落，令人期待的暑假就要來臨。走在教室門外的長廊，那四處傳來雀躍活潑的笑聲，透露著學期結束前的紛亂情緒，卻也瀰漫著輕鬆自在的氣息。在亂中有序的氛圍中，我隱約感覺到西松校園的改變。

教育部「優質化計畫」在本校實施即將邁入第二年，有了經費的挹注和同儕的協力，國文領域的教學得開設以讀寫訓練為主軸的作文課程，自去年「暑期文學寫作營」開辦以來，又在學期中續辦了兩期的「假日文學寫作班」，前後有將近六十位學生接受讀寫訓練的沾溉，短期之間，或許仍見不到他們讀寫能力的增進，卻從他們的眼神看見了對於讀寫的期待與自信。這樣微妙的變化，正在西松逐漸蔓延，讓我們相信，優質的讀寫課程可以引領學生探索領域知識的奧秘，體會文字創作的藝術。基於這樣的初衷，即使眼前依然是充滿荊棘的踽踽獨行，我只要撥開蔓蕪的雜草，就依稀感覺到前方寬廣明亮的大道。

堅持走對的路，然後就是，等待。

一切需要時間等待，等待學生在寫作上質的提升，等待

學生在作品上量的增加，等待更多同伴加入讀寫教學的行列，等待讀寫訓練成為西松語文教育的特色。

以「學生學習」為本位的讀寫教學

二〇一三年六月十五日。星期六早晨，校園中暫時沒有了輕快活潑的笑聲，取而代之的是靜謐而悠閒的氛圍，教室裡雖然瀰漫著沉悶的空氣，我們刻意關掉轟轟作響的冷氣，敞開所有門窗，讓微微薰風攜著蟬聲漫入耳際，夾著蟬噪與笑聲，開始我們這學期最後一次的文學寫作課。這是本學期新開發的課程，是愜意的「美食文學寫作」。我帶來剛從三峽訂購的金牛角麵包請同學品嚐，每人又搭配一罐自以為是絕配的「純喫綠茶」，試圖觸動他們心靈深處的味蕾，當麵包的香味融入筆端，當綠茶的甜味溢出舌尖，我看見他們紙上的文字也洋溢著幸福而滿足的甜味。

這一節課我們採用了「學習共同體」分組討論的模式，第一個寫作訓練是文本閱讀，我選錄了《從飢餓中出發》一書中有關批判歐美自助餐的的文章，讓學生思辨並瞭解中餐的價值與西餐的文化侵略。第二個寫作訓練是美食品嚐親體驗，讓學生親自品嚐美食之後的種種感覺，透過感官知覺而進行摹寫，要他們即席寫出生動而新鮮的知覺摹繪。第三個寫作訓練是為臺灣各地美食編寫推廣企畫案，我們先閱讀焦桐曾經提出臺鐵便當可以結合各地特色美食，推出具有地方色彩的便當之奇想，然後再提出「老街飲食」、「糕餅」、「高速公路休息站」、「7-eleven 零售店」等四種臺灣產業，要求

學生分組討論如何結合地方特色來發展其產業的在地飲食。
這是一項有趣而極具挑戰的話題，各組學生透過腦力激盪，
發想如何在臺灣不同的地方，設計出既保留原產業的精神又
結合鄉土特色的產品。課堂上，我見到許多令人驚豔的畫
面——原本只拿來玩電玩的手機瞬間變成搜尋資料的利器，
有人發表意見，有人猛作記錄，即使是向來害羞內向的學生
也能微笑聆聽，在此起彼落的討論聲中，我感受到學生在溫
柔和諧的學習場域中，盡情發揮他們的創意，也能尊重彼此
所發想的意見，當他們把想法彙整在小白板上，我看見老街
文化因為在地美食而更具特色，相同的鳳梨酥各有南北不同
的口味，高速公路休息站納入了北中南的各地名產，蘭嶼、
澎湖、金門和陽明山上的 7-eleven，各自展現海島與高山不
同風格的招牌美食。

　　這就是我們所期待的學習。過程中雖然小有瑕疵，學生
們也時有脫離主題的閒聊，但是我刻意營造的輕鬆氛圍，可
以讓學生在教室中安心學習。潛移默化中，他們體認了中西
餐飲文化的落差，也感受了美食與文字之間竟有如此深刻的
溝通，而透過討論、搜尋與分享，臺灣各地鄉土美食彷彿已
雀躍在每一產業文化之中。也許他們的語言仍然拗口，他們
的文字表達依然生澀，卻洋溢著青春年華該有的溫度。

　　這就是真正的學習。

「語文能力的培養」依然是我們的核心價值

　　構築「以能力為導向的閱讀與寫作教學」一直是文學寫

作營的核心價值，也是支持我們繼續努力教養孩子們提升讀寫能力的最大動力。從去年（2012）開辦暑期文學寫作營以來，又陸續開辦兩個學期的假日寫作班，在忙碌而繁重的學校活動中，我們極盡所能地排出每學期八次的課程，不僅教師個人犧牲了週末假日，許多學生也在繁重課業中排除萬難，積極地參加假日的寫作課程。

在一學期八次的課程中，我們以暑期文學寫作營的課程為基礎，繼續擴充跨領域的讀寫教學，包含：

一　　當心靈的配樂響起——寫作中的氛圍營造與情境烘托

二　　君子學而優則仕——公民與社會議題的閱讀與寫作

三　　兩性教育新思維——性別教育議題的閱讀與寫作

四　　尋找相互印證的人生伯樂——生命故事的閱讀與書寫

五　　穿越臺灣老街的時空意象——北埔老街的探索與寫作

六　　渲染舌尖與心靈的味覺——飲食文學的閱讀與寫作

七　　用心撫觸地球的傷口——環境保育議題的閱讀與書寫

八　　你可以決定生命的高度——生命教育議題的閱讀與書寫

透過議題的擴充與延伸，假日文學寫作班有了不一樣的課程，一是生命故事的閱讀與書寫，這是老師藉由描寫自己的故事，引領學生寫出自己生命中的脆弱與傷痛，進而達到療癒心靈的效果；二是飲食文學的閱讀與書寫，企圖挖掘學生心靈深處的味覺，使其融入生活，開發美食的生活藝術；三是北埔老街的探索與寫作，這是學期中難得的戶外教學，我

們排除萬難，將學生帶往新竹的北埔老街，透過當地的飲食體驗與老街歷史之導覽，不僅使學生體會傳統客家飲食文化，更瞭解了先民拓荒墾殖的辛勞與危難。

這些寫作課程除了氛圍營造屬於純文學的創作技巧教學之外，其餘單元共結合了公民與社會、性別教育、生命教育、歷史、地理、家政及環保等學科，真正落實了跨領域的語文讀寫教學。於是，以「語文能力訓練」為經，以「跨領域學習」為緯的教學模式逐漸在課堂中實現。

藉由辭章系統所建構的意象學、詞彙學、修辭學、文法學、章法學、主題學及風格學，來訓練學生的取材能力、遣詞能力、修辭能力、字句邏輯能力、篇章邏輯能力、立意能力及完成獨特風格之能力等等[1]，這是建構讀寫能力的基本良方，在此基礎之上，跨領域的讀寫教學才能如地基上的穩固堡壘，成為既寬且廣的知識寶塔。

再談「跨領域學習」的教學理念

中文讀寫訓練一直是本國教育體制中的重點，它既能形成一門獨立的教學學科，也可以是其他學科領域的基礎。臺灣近十年來的教育改革，已使原本傳統封閉的國語文教學逐漸走向現代化與多元化的方向。範文教學是如此，寫作教學

1　見陳滿銘：〈語文能力與辭章研究〉，臺灣師大《國文學報》第 36 期，2004 年 12 月。亦參見蒲基維：《讓青春的意象遨飛──2012 年暑期文學寫作營學生作品精選集》（臺北市：萬卷樓圖書公司，2013 年 1 月初版）。

更因為訓練學生撰寫現代語體文，其創新與多變的訓練模式
正如一層層的波浪不斷湧現，而跨領域學習的作文教學也在
這一波一波的教育浪潮中，逐漸浮現在各個教學場域，展現
它柔軟、多元、體貼、自然的教學風貌。

　　事實上，跨領域學習並非新興的教學模式。中國古代貴
族要求修習禮、樂、射、御、書、數的通才教育，已具備跨
領域學習的精神；歐美大學的創設雖然分門分系，其各領域
的博士學位卻習慣以哲學博士（PHD）來統稱，也展現了跨
領域學習的特質。因此，它不僅是表象的橫跨各學科的教學
模式，其強調跨越界限、化解障礙、溝通對話、協調合作等
精神，才是它屹立於教學場域，逐漸擴大其影響的主因。

一　「跨領域學習」的理論基礎

　　跨領域學習是否為正確而值得推展的教學策略，實有必
要尋求其理論根源，檢視其深度價值，以作為策略施行的基
礎。以哲學角度來說，人類探索宇宙界限的存在與否，其漫
長的歷史軌跡蘊含著跨領域學習的哲學基礎。落到學習心理
學來說，跨領域學習則有其必須存在的基本態度。

（一）界限的產生與消融

　　知識是沒有界限的。學科與學科之間的分野，顯然是人
為的畫分。例如，物理中有化學，化學中有物理。同樣的，
文學與哲學、歷史、地理皆有相互參照溝通之處。既然如
此，為什麼現在的教育體制，從小學、中學到大學的課程依
然畫分出繁複的科目？而有些科目為什麼彼此之間從來沒有

溝通與對話呢？

　　在人類知識的發展歷史中，這些分門別類的繁瑣科目曾有過背離自然真理的演化過程。人類為了方便理解宇宙自然的真理，曾經運用分類、組合、定名等技巧，將宇宙自然畫出許多抽象而難解的界限。《聖經》中記載亞當曾為自然分類與定名，成為使用人為技術去控制自然的的第一人[2]，這雖然是宗教上的傳說，卻可以在人類科技發展史上找到證據。被譽為最具理性思維的希臘人，就出現過一流畫界製圖的專家。例如：亞理斯多德曾為世界一切事物與活動分類，而且得到世人的信服；畢達哥拉斯更運用數學概念去運算宇宙自然的事物，其提出的幾何精細公式，至今仍令人折服。及至後世，在基督教衰微之後，文藝復興、啟蒙運動相繼而起，十七世紀更出現了為詮釋形上宇宙而發明的「代數」。著名科學家伽利略使用比「計算」更為繁複的「衡量」技術，因而發明了許多原理和定律，為現實宇宙和形上宇宙建構了更繁複的界限。稍後的牛頓，其發現的萬有引力及三大運動定律很明確地揭櫫「重量」的概念。幾世紀以來，儘管這些科學家所發明的原理或定律仍為世俗所稱頌，也為人類帶來科技文明的極限發展，但是，科技發展愈趨於精細，原本沒有界限的宇宙真相也愈加模糊。人們自以為是地認為可以操控整個世界，而事實呈現，地球和所有的生命體已經被畫分得支離破碎。界限的畫分就好像兩面刃一樣，既為人類帶來科技文明的幸福，卻也帶來無法預估的浩劫。

2　參見《聖經‧創世紀》第一章。

　　事實上，宇宙的真相是沒有空隙、沒有界限的。美國心理學家坎恩‧韋伯（Ken Wilber）曾說：

> 　　如果我們敢大膽地只用幾個字來描述形而上界的終極奧秘，即是：宇宙是沒有界限的。界限純屬虛構，並非真實，乃是出自人類的自編自導。劃分區域本身不是問題，但當我們執著於此界限兩邊的對立，誤以為真時，則成一切禍害之始。我們不只強調，相對世界中的分界線乃是出於虛構，而且宇宙萬物之間根本毫無間隙可言。[3]

　　如果宇宙沒有界限才是真相，那麼歷來科學家所規畫的宇宙、所畫定的界限都是不存在的。坎恩‧韋伯所言，並非要泯除自古以來所建構的界限，而是要化解因界限所產生的障礙，重新去體會物與物、物與我之間原本就存在的溝通聯繫。這樣的觀點同樣出現在中國古老的哲學當中。老子所言：

> 　　有物混成，先天地生。寂兮寥兮，獨立而不改，周行而不殆，可以為天下母。吾不知其名，字之曰道。[4]

3　Ken Willber 著、若水譯：《事事本無礙‧第三章無界限的境界》（臺北市：光啟文化事業，2012 年 11 月再版八刷），頁 47。

4　《老子‧二十五章》。

他說「道」的本質是渾然天成，即點出先於天地而生的「道」原本就是渾然一體。因為一體，所以不必刻意畫分，更不必主觀的認定世事必須截然分立。所以沒有「內」，就沒有「外」；沒有「上」，就沒有「下」；沒有「得」，就沒有「失」；沒有「苦」，就沒有「樂」。所以老子又言：

> 天下皆知美之為美，斯惡矣。皆知善之為善，斯不
> 善矣。故有無相生，難易相成，長短相形，高下相
> 傾，音聲相和，前後相隨。[5]

老子以為宇宙渾然一體，所有的「對立」皆為世俗誤認，並強調應該泯除美醜、善惡、有無、難易、長短、高下、音聲、前後的差別。這已經說明宇宙真相是毫無界限的。其後莊子繼承老子之說，亦認為天地萬物渾然一體，沒有差別相，所以他極力批判世間分析物我的謬誤。其言：

> 以指喻指之非指，不若以非指喻指之非指；以馬喻
> 馬之非馬，不若以非馬喻馬之非馬。[6]

這裡的「指」即名家所說的「絕對理念」，莊子認為用許多獨立的絕對理念，去解說絕對理念之表現並非絕對理念，不如用非絕對理念（道）來解說絕對理念之表現並非絕對理

---

5 《老子・二章》。
6 《莊子・齊物論》。

念；用白馬來解說白馬非馬，不如用非馬來解說白馬非馬。
在這看似弔詭的言辭中，黃錦鋐教授有其獨到的見解，他解
釋說：

> 在莊子看來，什麼馬呀、指呀，本來是沒有彼此界
> 限的，後世有馬呀、指呀的不同，都是那些勞精敝
> 神的詭辯家強為分別的。因為產生萬物的本體，原
> 是渾沌不分的整體的道。所以人不必去追求是非，
> 強分彼此，然後才合乎大道。而那些追求是非，強
> 分彼此的人，只是徒勞神明而已。[7]

所謂「渾沌不分的整體的道」、「沒有彼此界限」，正是莊子
「萬物一體」的最佳詮釋，也呼應了肯恩・韋伯的宇宙觀。

　　我們援引老莊的「萬物齊一」思想，以及肯恩・韋伯所
理解的「宇宙無界限」學說，並非要否定歷經千年發展而得
來的科學成就，只是想從哲學的角度化解某些因界限而形成
的障礙，重新認識宇宙萬物之間的溝通。

　　當代辭章學家陳滿銘教授曾提出「多←→二←→一（0）」
的螺旋架構[8]來解釋宇宙萬物的牽動與變化。所謂「多」，即
宇宙紛繁多樣的面貌；所謂「二」，即宇宙中陰陽二元的對
待關係，繁複的科學知識即來自於「多」與「二」的錯綜變

7　黃錦鋐：《新譯莊子讀本》（臺北市：三民書局，1999 年 4 月初版十
　　五刷），頁 58。

8　參見陳滿銘：《多二一（0）螺旋結構論——以哲學文學美學為研究範
　　圍》（臺北市：文津出版社，2007 年 1 月初版）。

化。至於「一（０）」所代表的，是宇宙的統一相，「一」是形而下的具體統一，「０」則為形而上的抽象統一，「０」與「一」乃一體之兩面，與上述「萬物一體」、「宇宙無界限」的說法不謀而合。此一螺旋架構的提出，溝通了宇宙「無界」與「有界」之間的矛盾，正如佛家所謂「色即是空，空即是色」的觀照，也間接說明知識發展的兩大脈絡──一是求異，人們對於「有界限之宇宙」的認識由此產生；另一脈絡是求同，我們藉此理解了「無界限之宇宙」的真貌。

（二）跨領域學習的基本態度

我們探討宇宙無界的原貌，也認知到後起人為科學所締造的有界，其主要目的在印證各知識領域可以相互溝通的事實，也為跨領域學習尋得一穩固的理論基礎。在這理論基礎之上，我們可以進一步梳理跨領域學習應有的態度。以學生學習的心理來看，至少應具備四種態度[9]：

1 跨越界限

我們的學習不僅要跨越學科的界限，更要跨越自我、心理上的界限。在現代分科繁複的知識場域中，每一個學科都有其深奧的專業知識，需要非比尋常的眼界和勇氣，才能把兩種（或兩種以上）的領域結合。因此，無論是課程設計者

9　參考蔣興儀：〈自我對話主題與跨領域學習之間的關係〉，刊載於「清華學院」網頁（http://www.college.nthu.edu.tw/files/15-1090-13637,c2259-1.php），2010.10.5。

或學習者，他們所要改變的不是那些學科，而是自我的心態。如果能夠知道如何改變自我，做到「跨越自我的界限」，則學科之間的界限，自然就不會是困難的問題了。

2 努力探索

這裡的探索是指學習者該有的面對未知世界的心理準備。人類的恐懼常常來自對於未知世界的惶惶不安，於是安於熟悉的環境，不願面對外在世界的陌生感，以致於用我執去解讀未知的世界，而觀念的偏差、價值的否定、鴻溝的擴大便由此而生。跨領域學習應具備探索的精神，使自我逐漸習慣面對陌生，累積探索未知世界的勇氣。當彼此放下因專業堅持而形成的本位思維，學科與學科之間的溝通才能形成，而真正的學習便由此開始。

3 敏銳的觀察與思考

敏銳的觀察不必刻意經營，因為只要靜下心來，關注周遭事物的變化，就能發現一草一木所蘊含的偉大世界。如同伏羲畫卦、倉頡造字，乃歸源於觀察「鳥獸蹄远之迹」、「近取諸身，遠取諸物」[10]，才成就其偉大的事業。有了敏銳觀察與思考的能力，除了觀察自我學科之外，亦能觀察其他學科的奧秘，並思考彼此之間的差異與溝通，然後試作不同以往的詮釋，重新定義知識的價值，這就是為跨領域學習作了最佳的準備。

---

10 許慎《說文解字‧敘》。

4 積極創造

所謂創造是指創新與重製，其第一要務在於打破既有的常識。傳統的學科學習雖然紮紮實實地建構個人的知識系統，卻往往容易流於專業的我執，一旦陷入我執，便容易使知識僵化而無所用於社會。因此，既有觀念的破壞反而可以活化思維，帶出創新的知識脈絡。如果我們將打破常識變成一種思維習慣，其逐漸累積的創新能量是無可衡量的。如果跨領域學習具備創造的精神，那麼學科與學科之間的學習就不僅限於溝通和理解而已，其重新詮釋的知識、從零開始的發想，都可能成為創新事物的泉源。

二 「跨領域學習」在語文讀寫教學的實際操作

跨領域學習既符合宇宙自然的原始規律，又能符應二十一世紀的教學主流，其突破學科界限的學習模式，雖然無法完全泯除知識的藩籬，卻比較能夠引領學生貼近知識的原貌，使學習成效更符合現實世界的需求。落到語文教學來說，跨領域學習可使語文的讀寫訓練擴及其他學科，一方面訓練學習者的讀寫能力，另一方面也習得語文以外的知識。因此，將這理念落實於語文的讀寫教學是一必要的教學實踐。我們以「語文能力訓練」為經，以「跨領域學習」為緯，作為訓練命題的基礎，並落實為四個訓練單元：

1. 讀寫訓練一：文章閱讀與分析（跨越學科界限→

　　探索）

2. 讀寫訓練二：短文寫作（跨越界限→探索→觀察
　　思辨）

3. 讀寫訓練三：中長文寫作（跨越界限→探索→觀
　　察思辨）

4. 讀寫訓練四：長篇引導式作文（綜合與創造）

此四個讀寫訓練既符合語文訓練的各項範疇，也涵蓋跨領域學習所要求的四個基本態度。透過前述八次課程的實際操作，每次大約使用三節課的時間在課堂進行教師講述與學生習作，長篇引導寫作則留為課後作業。經過長時間的師生互動與同儕交流，我尚未看見學生在寫作上的明顯進步，卻常能感受到他們開始喜歡閱讀，喜歡寫作，開始習慣跨領域思辨，更重要的是學會了體貼與聆聽，這將是他們在習得語文讀寫能力之外的最大收穫。

堅持走對的路，然後繼續等待

　　漫長的暑假終於在緊鑼密鼓的研習與輔導課程中結束，在充實而忙碌的工作步調中，我看見各自奔波勞苦的行政同仁，也看見許多堅守教學崗位默默奉獻時間與心力的老師。面對全球化的風潮，面對少子化的衝擊，面對瞬息萬變的教育環境，他們在辛苦奔忙之際，又即將面臨巨大的改變。對於不確定的教育未來所產生的恐懼和擔憂，有些老師築起了

防衛的高牆，繼續堅持傳統的教學；有些老師希望跟上改變的步伐，卻茫然無所適從；更有些老師勇敢地跨出改變的腳步，卻在摸索與嘗試中跌跌撞撞。無論如何，那都只是對教育焦慮的一種紓解方式，沒有誰對、誰錯。而我，在實際的教學操作中安靜地摸索學習，彷彿在行進的孤帆上慢慢地修正方向，從來不確定自己改變的方向將走向何方，卻始終堅持以學生學習為本位的初衷。我輕聲低迴──究竟何時，拋出的磚可以引來更多的奇珍異寶？揚起的風帆可以召喚更多並駛的艇艫？也許只有堅持，然後繼續等待。

蒲基維

2013 年 11 月寫於西松高中

當心靈的配樂響起
——寫作中的氛圍營造與情境烘托

寫作訓練一 文本閱讀與分析

一 請閱讀下列文章，並根據文章內容回答問題：

　　看見竹子湖路標便左轉，幾次盤旋降落，就是一大片海芋田，靜靜綻開在群坡環抱之中。田邊賣炒青菜和地瓜湯，肚子不餓但心裡想吃，像小孩一樣，見不得別人吃東西自己沒份。小油坑的硫磺山熱氣騰騰，山上全是雪白的菅芒花，波浪一樣緩緩搖擺，一些無枝無葉的暗褐色枯木昂然挺直，竟然有一種天地初開的渾然氣勢。再向前走，可以往大屯山自然公園區，也可以到另一頭的馬槽泡溫泉。橘紅色的馬槽橋很有異國情調，站在橋上往下望，那些熱氣奔騰的岩石，濃重的硫磺味，草木不生的蒼茫，忽然有了一種天荒地老之感。（節選自張曼娟〈秋天的放牧〉）

寫作說明

　　這一訓練，我們選了兩段有關寫景的文章，目的在訓練同學對於寫景文字的理解，並進一步感受作者面對景物的心境及景物本身所營造的氛圍。所以涉及了主旨的掌握、材料意象的理解及章法邏輯的分析。關於張曼娟〈秋天的放牧〉，提供結構分析表以提供撰寫其文章脈絡之參考：

```
        ┌ 低（竹子湖）┬ 視覺：「看見竹子湖路標……環抱之中」
        │            └ 味覺＋心覺：「田邊賣炒青菜……自己沒份」
        │
   ├─ 漸高（小油坑）┬ 視覺：「小油坑的硫磺山……昂然挺直」
        │            └ 心覺：「竟然有一種天地初開的渾然氣勢」
        │
        │            ┌ 大屯山自然公園：「再向前走，可以往大屯山自然公園區」
        └─ 最高 ─────┤         ┌ 視覺：「橘紅色的馬槽橋……往下望」
                     └ 馬槽 ───┼ 嗅覺：「濃重的硫磺味」
                               └ 心覺：「忽然有了一種天荒地老之感」
```

（一）這段文字主要在描寫哪裡的景色？

❖ 陽明山中的一大片海芋田、山上的菅芒花、枯木和那熱氣奔騰的岩石。（楊皓宇）

❖ 陽明山竹子湖的海芋田和位於小油坑的馬槽橋周遭的景色。（李佳美）

❖ 陽明山上竹子湖及小油坑周圍自然的景致及特色，並帶出附近大屯山自然公園區及馬槽的地理位置。（李秝嘉）

（二）這段文字使用了哪些感官知覺來描寫景物？

❖ 視覺，雪白的菅芒花隨風搖擺和褐色的枯木挺直，一種天地初開的氣勢；嗅覺，那濃重的硫磺味，托出一股難言的淒涼；心覺，藉著奔騰的岩石和硫磺味，心中那天荒地老、草木不生之感。（楊皓宇）

❖ 用顏色來增添景物的色彩有雪白菅芒花、暗褐色的枯

木，以及橘紅色的馬槽橋，充分運用了視覺摹寫。硫磺山、馬槽的溫泉有濃重的硫磺味是嗅覺的描寫。感受到熱氣，肚子餓的感受和想吃炒青菜配地瓜湯則是用了膚覺和心覺的寫作手法。綜合以上，促使景色和人物相融在一起，增加文章的感染力。（李佳美）

❖ 作者使用視覺描寫竹子湖附近自然與人文交融的景色。詳細的描繪帶領讀者一起走進陽明山。馬槽濃重的硫磺味、熱氣奔騰的岩石伴隨著作者所感受到的天荒地老。不僅僅是視覺、嗅覺的敘述，也混合了心的感覺。（李秝嘉）

❖ 運用視覺摹寫描繪出各處景致大致分部的地理位置以及雪白花朵的盛開，再加上嗅覺摹寫描述硫磺的陣陣臭氣，而視覺上馬槽橋已被硫磺銹蝕成頗有異國氛圍的橘紅色。（紀佳彣）

（三）從文中的景物描寫，你感受到哪一種氣氛？請用100字來敘述你的感覺。

❖ 秋天的蕭瑟、寂靜、蒼茫與天荒地老，如水調歌頭：人有悲歡離合，月有陰晴圓缺。孟春、仲夏、季秋與令冬，人生的波瀾跌宕與秋天的閒情逸致，反襯浮生若夢之感，感受人生無常與時並進的蒼勁風骨。（楊皓宇）

❖ 一種輕鬆緩慢的步調，脫離城市的喧囂煩擾，回到最原

始的大自然。沒有奢侈或高級的享受，卻也能怡然自得
的身在其中。作者和景物渾然天成，交融在一幅情境之
中，給讀者一種彷彿親身深入其境，好不悠哉的愜意之
感。（李佳美）

❖ 先是感受到人文與景致的交融，作者的嘴饞也讓文字帶
給讀者雷同的感覺。清閒的漫步在陽明山中，蟲鳴鳥叫
也迴盪在耳邊的輕鬆，混雜著景物帶出的氣勢，有一種
置身山林，反璞歸真的清爽。（李秝嘉）

❖ 感受到恬靜和穿梭在田園與自然中，身在自然的輕鬆，
在看到炒青菜和地瓜湯時又泛起如孩童般的純真，讓讀
者有種毫無壓力的輕盈感，在其後又帶讀者到馬槽，體
驗該地特有的溫泉，享受身歷其境般的旅遊經驗。（紀
佳彣）

❖ 一開始看到路標左轉與盤旋降落，令我感覺到有置身於
中的感覺，而群坡環繞的竹子湖，是用坡地的高去反襯
竹子湖的塢地。文末所提到的「草木不生的蒼茫」更是
令我感到哀傷。就如同在班上被孤立、大海中的孤島。
（黃鼎鈞）

（四）請根據作者的描寫，說明這段文字的寫景脈絡。

❖ 全文開頭描寫實際景物，由低而高，以動態且連續的手
法，使之所言生動活潑，彷彿置身當中。再來點出本文

高潮—硫磺，在硫磺的影響之下，帶給作者及讀者一種
天荒地老之感。（楊皓宇）

❖ 先是繞過曲折的海芋田——竹子湖，然後來到小油坑的
附近，見到菅芒花和枯木，心中感觸良多，文中到了馬
槽竟成了轉捩之處，熱氣奔騰的岩石、橘紅色的馬槽
橋、草木不生的蒼茫，與前面天地初開急驅直下，和天
荒地老形成了對比。（李佳美）

❖ 從竹子湖左轉到海芋田和小攤販，寧靜中出現人煙，又
映對了作者自身的感受。再往前走，小油坑雪白的菅芒
花和暗褐色的枯木，一柔一剛的姿態，相互映襯。沿著
路下去，大屯山自然公園區和馬槽，一個自然，一個參
雜著硫磺造成的異國情調，於是給了作者天荒地老的錯
覺。（李秉嘉）

❖ 此篇文章為作者的遊記，由竹子湖開始寫出四周的景
物、路標、海芋田緊接著的群山環抱以及小吃店。小油
坑的火山口造就了騰騰的熱氣，作者也寫出四周的花
草。接著是大屯山自然公園區和馬槽橋。作者停留在馬
槽橋上望下去，一片蒼茫景致，令作者有種天荒地老之
感。（黃鼎鈞）

寫作單元一

二 請閱讀下列文章，並根據文章內容回答問題：

那是一則多麼古老的故事啊。億萬年前，我們現在稱為大理石的這種東西開始在深海裡孕育壓聚著，那時，臺灣當然還沒出現，而所謂的人類也還不知道在哪裡。到了大約七千萬年前，平靜的大理石層因造山運動而被壓迫著在水面上站了起來。接著，六千八百年的歲月過去了，第二次造山運動令大理石不斷地隆起生長。但這時，它的身上仍覆蓋著一層較軟的岩層。我們今天所說的立霧溪大概也就在這時出生的。然後又經過多少日子的風蝕雨侵啊，大理石終於露出地殼，並持續地隆起，立霧溪水則相反地不斷向下切斷，向東橫流。終於，我們才有了現在的，太魯閣峽谷。（節選自陳列〈我的太魯閣〉）

寫作說明

這段文字的的寫景邏輯可以藉由下列結構表呈現：

```
        ┌點：「那是一則多麼古老的故事啊」
        │     ┌先：「億萬年前……人類也還不知道在哪裡」
  ┌昔─┤     ├中：「到了大約七千萬年前……站了起來」
  │     └染─┼中後：「接著，六千八百年……在這時出生的」
  │           └後：「然後又經過多少日子……向東橫流」
  └今：「終於，我們才有了現在的，太魯閣峽谷」
```

（一）從文字的內容，可以看出作者所描寫的景物為何？

❖ 隨著時間的推進，立霧溪不斷向下侵蝕，而地殼仍持續
隆起，形成了在鬼斧神工的太魯閣。（楊皓宇）

❖ 循序漸進，先描寫了立霧溪的形成過程，再寫因立霧溪
和造山運動使太魯閣峽谷出現了！（李佳美）

❖ 從億萬年前在深海中蘊育出的大理石，經過千萬年的風
雨侵蝕而形成的立霧溪及太魯閣峽谷。（李秝嘉）

❖ 自億萬年前太魯閣尚未浮出水面時的情景，至現在令人
震撼與驚嘆的立霧溪及太魯閣峽谷。（紀佳彣）

（二）閱讀這段文字，你感受到哪一種氛圍？請用 100 字
來敘述你的感覺。

❖ 一開始的空虛混沌，隨著時間的推移，造就了今日的勝
景，我感覺到大自然的偉大，是一股很真實、很渾厚的
感覺，雖沒有親眼目睹，但在腦中構想一遍，那偉大之
感，令我啞口且沉重。（楊皓宇）

❖ 特殊的山勢和地勢非一天就能出現，正所謂慢工出細
活，藉著年月的累積，才有了高聳峻峭的太魯閣峽谷出
現，表面上看來是節奏快速、連綿不斷地激烈運動，實
質上卻是跟隨歷史一同演化而成，亦可說是給人滄海桑
田的感覺。（李佳美）

❖ 從億萬年前孕育起的大理石，經過造山運動、歲月侵蝕，許多的變化，造就了今天的太魯閣峽谷。從中感受到人類的渺小及大自然的創造力的不凡。今日壯麗的景致是經歷過這樣雄偉的塑造，一種渾然的氣勢油然而生。（李秄嘉）

❖ 感受人類在大自然的進化演變中是如何的渺小，在人類尚未出現時，太魯閣竟已形成並不斷地壯大，持續向上延伸，立霧溪的向下侵蝕使峽谷高低差又再次加深，最終，我們現在所看到的太魯閣峽谷演變中的一隅，而人類與太魯閣相對下，無論是高度又或者時間，終究是微小不可及的。（紀佳彣）

❖ 雖然此篇是虛構地描寫遙遠的往事，但作者運用層遞的方式一層一層的往現代漸進。而大理石造山運動由水面下站起來以及立霧溪的向下侵蝕造就了峽谷。令我感覺到大自然的精心雕琢，實在歎為觀止，可遠觀而不可褻玩焉。（黃鼎鈞）

（三）請說明這段文字的寫景邏輯。

❖ 作者從遠古開始描寫，原本臺灣都尚未出現，更何況世界級的地理景觀。接著作者描寫現代臺灣，有了冰河侵蝕和地殼的相對運動，造就今日令人讚嘆的太魯閣大峽谷。（楊皓宇）

❖ 時間點與自然界中的物質相輔相成，從昔日到現今層層
遞進，更從大理石在深海中孕育開始，兩次劇烈和無數
次有相當規模的造山運動，立霧溪的出現，再經過多少
日子的風蝕雨侵，才促成現今的太魯閣峽谷。（李佳
美）

❖ 首段點出這是一般很古老的故事，接著隨著時間遞進，
太魯閣的形成就像按了快轉鍵，透過這段文字在我們眼
前放映著。從億萬年前、七千萬年前、三百年前、許多
日子的風侵雨蝕後，一直到現在，大自然的力量不停作
用著，然後才生成今日的太魯閣。（李秝嘉）

❖ 開頭立即點明太魯閣中大理石的古老，提到造山運動使
大理石層漸漸浮出水面，而後立霧溪的生成，再次提點
大理石正不停止向上抬升中，最後才使我們看到今
日──太魯閣峽谷。（紀佳彣）

❖ 作者由過去一路推移至現今，造成時移事異之感。由虛
構億萬年前一路寫到真實的今天，同一地點卻已經被大
自然雕刻的景物全非。（黃鼎鈞）

寫作訓練二 尋找寫作素材的內在意象

一 請根據下列情境，說明其可能形成的抽象感覺（請寫 2 種，每一種描述至少 5 個字）：

寫作說明

　　每一種具體的物象，其背後一定蘊含著某種情意，這就是「意象」的根本意涵。同學只要順著看見物象給你的直接感覺，去敘述抽象的情感，應該可以呼應物象的本質，找到最貼切的答案。

夏日初昇的太陽	一天活力的泉源	失眠一夜後的絕望
清晨的臺北街道	了無生趣萬念俱灰	鰥寡孤獨的內心世界
午後的學校操場	寫在青春上的羅曼史	追逐榮譽的吶喊
深秋的林蔭步道	橘紅色的浪漫步調	景物對失意人的嘲諷
夜晚的便利超商	永不消失的生命	帶著謐靜的喧嘩

（李佳美）

夏日初昇的太陽	溫吞地在醞釀情緒	睡眼惺忪的意識不清
清晨的臺北街道	充滿朝氣清新的開始	靜靜沉睡的安穩
午後的學校操場	眾人皆醉我獨醒的寂寥	

深秋的林蔭步道	適意放鬆地淨化身心	孤芳自賞的自我滿足
夜晚的便利超商	孤單冷清的空洞	冷冰冰的體貼窩心

（李秌嘉）

夏日初昇的太陽	溫暖了地球的心	開啟全世界的奇幻旅程
清晨的臺北街道	臺北城市尚在沉睡中	人們儲備一整天的所需
午後的學校操場	散發著活力與脈動	聚集著年輕學子們的活力
深秋的林蔭步道	帶領一對對情侶走進自然	凋零的人心
夜晚的便利超商	充滿夜間的活力	夜間專屬人們的明亮

（紀佳彣）

夏日初昇的太陽	充滿希望的眼神	萬物復始，一切重生之感
清晨的臺北街道	人聲鼎沸前的寧靜	蟲鳴鳥叫的吵雜
午後的學校操場	活力充沛背上汗珠的自負	熱得令人昏昏欲睡
深秋的林蔭步道	蕭瑟衰敗的哀傷	鬼影重重的陰森
夜晚的便利超商	猶如看見沙漠中的綠洲所帶來的亢奮	宛如看見雪地中的木屋

（黃鼎鈞）

二　請根據下列所敘述的抽象感覺，寫出符合其感覺的
　　具體物象（至少 2 種，可加形容詞修飾）

寫作說明

　　為抽象的情緒或氛圍尋找具體的事象或物象來表達，應
該更駕輕就熟，這樣的思考脈絡已經是寫作中的取材訓練
了。

陰森恐怖	冬夜無月的黑森林	荒僻的廢棄工廠
溫暖和煦	哀慟之中得到的擁抱	被陽光薰過的羽絨被
煩躁鬱悶	冬至清晨四點半的電話	物理老師出的物理考卷
清爽開闊	洗完頭後的半乾髮絲	深山中的一縷瀑布
冷酷無情	夫妻吵架中的鍋碗瓢盆	破門而入的討債集團
風趣幽默	互相吐槽的相聲演員	沒大腦的綜藝節目

（李佳美）

陰森恐怖	準備打烊的假髮店	黑夜中雜草叢生的墓地
溫暖和煦	一間樸素簡單的小食堂	冬陽普照的庭院草皮
煩躁鬱悶	夏日午後的雷陣雨	梅雨季節門窗緊閉的小房間
清爽開闊	春天空曠的大草原	晚上空無一人的運動場
冷酷無情	北風陣陣的哈爾濱	沒有表情的白色面具
風趣幽默	濃妝豔抹的小丑	一段唱作俱佳的相聲

（李秝嘉）

陰森恐怖	半夜三更空無一人的巷道	墓園內的雕像
溫暖和煦	夕陽下的河道	鄉間老婦的微笑
煩躁鬱悶	行程滿檔到只剩下呼吸的時間	遲到的那一分鐘
清爽開闊	漫步在草原間的牛羊	飄轉在藍天中的白雲
冷酷無情	考卷上劃下的一道道紅線	推掉一項項邀約的長官
風趣幽默	畫作中的笑臉	被塗抹過後的人像圖影

（紀佳彣）

陰森恐怖	寒冬中夜晚空無一人的街道	下雪夜深人靜的森林
溫暖和煦	黃梅佈滿鬧嚷嚷的眷村	祖父母互相扶持在黃昏中散步的情境
煩躁鬱悶	等待成績公佈的學生	寫完數學考卷的我
清爽開闊	用冰涼的水洗臉	嚼完口香糖清晰的頭腦
冷酷無情	大聲果斷的拒絕	目中無老人的霸佔博愛座
風趣幽默	無聲有影的卓別林電影	動作怪特，言語無厘頭的豆豆先生

（黃鼎鈞）

寫作訓練三 情境觀察與描寫

> 　　請從下列五種題目，擇取一種，敘寫其完整的情
> 境。（行文應包括<u>場景的描寫</u>、<u>時間的界定</u>、<u>人事的活</u>
> <u>動</u>，亦可適度融入個人的<u>主觀感受</u>。文長在 250-350 字
> 之間。）
> 1. 校園的一角。
> 2. 傳統市場。
> 3. 大批發賣場。
> 4. 我家的客廳。
> 5. 捷運站（或公車站牌）。

寫作說明

　　這一訓練包括了平日對事物的觀察與記憶，同學不僅可
以根據平日觀察記憶所得來描寫，更可以摻入別人的記憶，
這就需要藉由聯想與想像的能力來呈現了。注意，描寫景物
時不能泛寫所有景物，必須有所輕重，才能聚焦在某些事
物，以寄託自己的情感。

❖ 我家的客廳

　　陽光從落地窗灑進的這個空間，我家的客廳，也因此在
白天晴朗的夏日，這是一幅以金黃色為底的油畫。在這
幅畫的左邊，暈開了幾抹中庸雅致的碧綠，加個褐色的

邊線，沙發就從容地佔了一席之地。那米白色的顏料在畫的中間橫出一片，黑色在其下蔓延出四肢，樸實光亮的桌子也已成形。在畫的右邊，可見整片有深度的咖啡色，其中一束束大氣豪邁的條紋，電視櫃也成了焦點之一。最難畫的，也是這張畫的主旨，用一條皮膚色再帶點弧度一筆而下，上半部扭出一個圓加上黑色的渲染，下半部則是模糊的花花綠綠，最後在圓的中間偏上方勾勒出神韻的線條，一個人雖在畫中，卻感覺栩栩如生的映在眼前。這是一幅美麗的畫，也是我最美的客廳。

（楊皓宇）

評語 景物安置得體而有秩序，描寫亦生動細膩。

❖ 校園的一角

在一陣薰風襲來，只顧著壓抑放肆的裙擺，卻沒顧到斷裂的橡皮髮束，如琴弦一般斷裂彈出。我披髮漫步在學校的花園中，雖然沒有太多姹紫嫣紅的花在當中爭奇鬥豔，參天的巨木倒是不少。樹葉脆弱的瀟灑落下，彷彿在抗議風截短了它的生命，明明是夏日，我卻有了一種深秋入初冬的蕭然和滄桑。

脫下襪子和布鞋對腳掌的束縛，獨自赤裸的踩在大地的軀體之上，看見一隻我不認識的鳥佇立在樹梢之上，而沒多久，來了一陣暖風，另一隻和牠相色的鳥兒乘著風，振振翅膀並輕盈的落在牠的身旁。一番交頭接

寫作單元一

耳之後，雙雙盤旋回繞在樹與樹之間，好似兩小無猜在玩「繞床弄青梅」的遊戲，引發我無線的遐想。玩累了又再次棲息在樹梢上，互相依偎著。

在滄桑之中，我在校園的一角，宛若看見了兩道生命在蕭然裡展翅翱遊。（李佳美）

 寫景已懂得聚焦描寫，很好！

❖ 捷運站

一個人走在夏日傍晚的捷運站，熙熙攘攘的人群冷漠地穿梭在彼此之間。人們迅速敏捷的踏著步伐，朝著家的方向、補習班的方向，各自走散。身著套裝的粉領族，脂粉下疲憊的面容，有一搭沒一搭的談著瑣事；在放滿教科書的書包裡翻找悠遊卡的學生們，談笑風生地隨著輕鬆的步調暫時擱下沉重的課業負擔。一些家庭主婦一手牽著家裡的小孩子，一手和朋友們分享今天抑或是最近的「戰利品」，偶爾三姑六婆地聊聊八卦；一些西裝筆挺的上班族，掛著耳機哼著旋律，手裡也沒閒著的翻動著報紙；站務人員們都待在那狀似鳥籠的詢問台裡，或坐或站，閒話家常，等著有困難的人湊近後一句「請問」。夏日傍晚的捷運站，亂中有序，忙碌交織的清閒，是愜意，是繁忙，自成秩序。（李秭嘉）

 捷運站在你筆下，彷彿是一幅生動的浮世繪。

❖ 大賣場

炎炎夏日中，一進入賣場便覺得全身沁涼，看見一部部手推車正被一群群買家推上手扶梯，走進賣場中心，映入眼簾的便是滿滿的貨架，多樣化的商品，成群穿著制服的賣場人員，牆上清晰明瞭的指示牌。在鮮食區所能看到的是一對年輕夫妻正在挑揀晚餐的食材；散溢出濃濃香味的烘焙區，母親正帶著孩童挑選著孩兒最愛的紅豆麵包；貨架間，是一位老先生正挑選最合適的高鈣奶粉。在結帳台前的我，所見得皆是人們滿載而歸的滿足，孩子們迫不及待擁有商品的臉容，足以感染所有人的歡愉與溫暖。（紀佳彣）

 評語 透過視覺與嗅覺的摹寫，賣場的愜意與活力躍然紙上。

❖ 清晨的崁仔頂魚市場

位於基隆港邊孝一路的魚市場，清晨的街道上卻有吵雜的人聲。好奇的我走上前看，發現了這北區最大的崁仔頂魚市場。充滿人的魚市場，大家爭先恐後的搶著魚，害怕無法買到最新鮮的魚貨。卡車載來一箱箱的魚貨，店家看見一批批的客人到來也起勁地開始叫賣。「兩百五喔兩百五！」隨著客人的買氣漸漸降價求售。時間一分一秒的過去，魚貨一箱一箱的減少，太陽由山邊的另一頭起床了，而魚市場的店家才正要收攤休息而客人則是要準備一天的開始，有些是要在餐廳中煎煮炒炸一盤

盤香氣騰騰的菜餚，另一些則是要在其它的市場中賣給客人。（黃鼎鈞）

評語 選題另出機杼，敘事與寫景亦別出心裁，值得讚許。

 寫作訓練四 引導寫作

　　從前，「慢」是成事的基礎——好湯得靠「慢火」燉煮，健康要從「細嚼慢嚥」開始，「欲速則不達」是孔子善意的提醒，「慢工出細活」更是品質保證，總之，「一切慢慢來！快了出錯划不來！」

　　現在，「快」是前進的動力——有「速食麵」就不怕肚子餓，有「捷運」、「高速鐵路」就不怕塞車，有「寬頻」就不怕資料下載中斷，有「宅急便」就不怕禮物交寄太晚，身邊的事物都告訴我們：「快！否則你就跟不上時代！」

　　不同的時代總有不同的想法，但「慢」在今天是否已經過時？「快」在今天是否真的必要？試以「快與慢」為題，闡述自己的觀點，文長不限。（90 年大學學測）

寫作說明

　　這是一個二元分論的寫作題目，在說理上必須兩種概念均等，較能對比出兩種概念的差異。本文為「論說文」題型，同學可以在論述過程中融入氛圍營造，以增加文章之感染力。謀篇方式可以使用「敘—論—敘」的形式，敘事部分就是氛圍營造可以著筆的段落。

❖ 天色漸漸的亮了，太陽從地平線下攫了出來，順了順制服，同時把心上緊發條，準備與時間比一場看不到終點的馬拉松。

　　有一種無形的壓力，在每個人身後操鞭整肅，國小生擔著比人大的書包，在馬路上狂奔，時間就像一頭碩大的獅子，而他則像即將端上桌的肥羊；上班族雖無具體且有質量的負荷，但從他們的表情可以讀出熱鍋螞蟻的詞意，時間就像薛西弗斯背上的大石，而他們就是那背著石頭的受害者；在便利商店內有百工之人，其中有一個共通點，那就是誰也不願在其他人、事、物上多留幾分心，刷條碼的即時感應與顧客的心態一致，時間不再需要詞彙描述，因為他們具體了它的殘酷。倘若王羲之活在這個文明的世代，那想停下腳步，仰觀宇宙之大，俯察品類之盛，游目騁懷，似乎成了一種奢侈。

　　我們身處的時代，文明，造就了今日的風氣。交通革命後，「快」就順理成章地成為了人與人之間的關係；資本主義掌權之下，要能掌握市場與資金的即時流動，快步調已經絕對合理化了；資訊爆炸的影響下，就連出外踏青、享受一頓浪漫的下午茶，也要在第一時間把照片或感想上傳到部落格中，並期待他人的即時回應。「快」，已經成了一種生活習慣，進而成為了一種文化。

　　在這繁忙的城市中，有一幕與其他相背的平凡，有些老人坐在樹下聊天泡茶，時間在他們身上除了臉上細紋的表現，沒有產生其他的影響，儘管時間可能是一頭猛獅或是一顆巨石，都無法阻嚇。隨著老人們的扇子搧

動，時間在他們中間消失得無影無蹤。

　　這是一個特別的現象，在同一個時空下，卻有兩股截然不同的氣流，大多數的人都想活的悠閒自在、毫無壓力，像那群老人一樣，沉浸在幾乎不會流動的空氣當中，這種慢步調的生活方式，確實令人嚮往。反觀現實，「快」卻也是一項必需品，就李白的觀點：浮生若夢，為歡幾何，就連享樂，都當及時，況且人的一生，若少了時間的鞭策，只會讓人在逸樂中迷失，渾渾噩噩的頹喪一生，但時間流逝所帶來的壓力，何嘗不也是人生不斷向前的動力？

　　「慢」，是一門哲學，教人如何留意身邊的人、事、物，給自己的心留些空間，停下腳步，聽鳥語、聞花香，讓心找到它的出口。而「快」，亦是一門哲學，從出生的那一剎那，就開始與時間賽跑，但也因為時間的督促，讓人在各個不同的領域體會到多采多姿，快步調是人生的動力之一，讓人能朝著目標邁進。慢而不致糜爛，快而不致焦躁，採中庸之道，會發現人生的過程中，時而須快、時而須慢，在「快」中成長，在「慢」中吸收，人生的高度，也隨之建立起來。

　　上了公車，和著耳機中輕快舒服的音樂，我發現因著以快為經，以慢為緯所交織出的生活，是何等的豐盛。
（楊皓宇）

寫作單元一

（評語） 透過首段與末段的氛圍營造，說理似乎變得更具說
服力。足見你以掌握氛圍營造在論說文中的運用
了。

❖ 快與慢

　　一條空蕩蕩的大馬路，就看見一台重型機車飆揚其
上，宛如一隻飢腸轆轆的獵豹正追趕著閃著黃燈的交通
號誌。到了十字路口，顯然是衝刺失敗，大大的紅燈亮
在機車騎士眼前，然而他卻視若無睹、毫不猶豫的催下
油門，連人帶車地企圖要往下一個路口奔去。一名男高
中生正站在斑馬線的一端，不耐煩地抖著腳，視線在手
錶和對面小紅人腳底下的倒數數字上往返。小綠人一起
步，男高中生也用最快的腳程想一口氣衝到斑馬線的盡
頭；他為了求快沒有留意到重型機車就近在尺尺，而機
車騎士也萬萬沒料到會有一個小夥子突然冒出。情急之
下，雙手握住煞車，可是衝擊實在太大，導致機車騎士
像彈弓上的石子射飛出去，呈現一道完美弧度的拋物線
後，重重的摔在地上。男高中生的雙腳則是被倒地的重
型機車狠狠壓傷。

　　為了求快，上班快遲到了！機車騎士過五關斬六將
的一連闖了好幾個紅燈；為了求快，上學要遲到了！男
高中生省略注意左右來車的例行公事，逕自地往前奔。
沉默的街道彷彿成了一種訕笑的輓歌，最諷刺的祥和。
行道樹上的鳥兒們馬上掀起譁然，是嘲笑，是謾罵。社

會新聞老愛播報這些老掉牙的事件，但不代表所有人都會因此慢下來，直到親身體驗後才會學乖、才懂得要提早出門、要事先做好準備、要留充足的時間好讓自己慢慢來。

　　現代進步得太快，生活沒有加速就趕不上潮流。於是，有人大力倡導：人人放慢步調，細細品味人生。張開你的毛細孔，去體會、去感受那些小而美的事物。好像「慢」反而成為了一種道理和哲學，但慢工出細活是否就真的是百利而無一害嗎？這也不盡然。

　　冷清的月娘在窗外偷瞧著窗內的女孩，一盞檯燈將漫畫的底稿打成一片慘白，長方形的大書桌擺著各式各樣的工具。女孩希望能把握機會將她嘔心瀝血、廢時耗神的作品發揚光大。她明知道當太陽從地平線升起之後，距離漫畫投稿的截止時間，剩下不多了，但她還是依然堅持，每一絲細髮，每個嘴角的弧度，肌肉的線條，都必須完美無暇。小心翼翼的用一筆一畫、一橫一豎、一勾一挑地把紙上的女子塑造出來，加上靈性的雙瞳，賦予漫畫中的女主角一頁的生命。然而這樣要求完美的她卻也因此使她錯失了得到最佳新人獎的機會。

　　快不見得就是趨勢，慢也未必值得；快有快的缺點，慢有慢的盲點。就要看人的智慧是否能將快慢運用自如，能快得剛剛好，慢得恰到好處，如此一來機會不會從時間的縫隙悄悄溜走，人生更不會逞一時之快而斷送了大半輩子。

　　那名男高中生花了將近兩年的時間進行一連串的復

健，才得以勉強像個正常人一樣行走，好事是他上學再也沒遲到過了；機車騎士經過事故之後，無論紅綠黃燈，看到行人就會減速，因為求快反而會讓他得不償失；漫畫家女孩，雖然錯過了得到最佳新人獎的榮譽，但她在不斷的練習之下，作畫能一氣呵成，百分之百的精準畫技也使她聲名大噪。

　　沒有人會要求你要快、要慢，一切都決定於你自身的體悟，快和慢沒有絕對的是非對錯；拿捏恰當的快與慢，其實正處在一個更深的哲學之中。（李佳美）

評語 舉例適切，氛圍營造亦能適度烘托事理，文筆精進不少。唯文字可再精簡，可避免冗贅之失。

❖ 快與慢

　　現在的時代不管什麼事都在追求「快」，食、衣、住、行、育、樂都要追求「快」，彷彿不夠快就跟不上時代的腳步，但是，難道「慢」就不好嗎？

　　午餐時間，每個人都爭先恐後的往蒸飯箱抑或者是合作社衝去，好像慢一分鐘吃到便當，就會吃不飽。鐵筷、鐵湯匙撞擊便當盒的清脆四處響起，含著飯菜模糊不清的聊天聲夾雜著便當的香氣，四溢在教室。每個人都在和時間賽跑，毫不含糊地在每一次咀嚼前塞滿一口腔的食物。急著吃飯，也急著睡午覺，整個教室連放鬆的時刻，都儼然像個戰場，分秒必爭。

　　但是，這麼快速的飲食步調，雖然減少了許多浪費在

用餐的時間，卻會造成負面的影響，比起省下的時間，真的得不償失。慢慢的享用午餐，不僅能讓早上的疲勞得以解放，也能儲備下午的體力。放慢咀嚼的速度，更能享受食物在味蕾上的跳動，細細品味食物單純的美好，以調劑緊張的情緒。

儘管「快」有它的優點，人生也是需要「慢」一下來調節身心狀況。在「快」與「慢」之間取得平衡，用對的速度去做事，才能得到最佳效果。（李秣嘉）

評語 論證與論據皆合於題旨，若能學習融入景物描寫以營造適當之氛圍，文章應該會更有感染力。

❖ 現代社會所講求的是──「快」還要「更快」，由何可以見得呢？速食業者推出在一分鐘內，我們可以完成從點餐到結帳領餐的所有程序；電信業者推出上網點選所需服務，而後馬上享有該服務；網購業者推出無論什麼商品，明日中午前可以取貨。部分消費者和企業者所追求得皆是迅速，但是我們有真正因為「快」而獲得更美好的生活嗎？

走進高級的懷石料理店中，我們花著大把鈔票，為著慢下來享受一道美食，慢慢地將肉放進口中，品味著肉的滑嫩和鮮美的肉汁，沒有過多調味的肉卻有著無比的香甜，人們這才真正體會一塊肉的滋味是如何。人們追求得皆是快，為了快我們調整所有人們的步伐，直到不堪負荷時，才又想起是該慢下來，為了重新獲得「慢」，

或許我們正付出著更巨大的代價。

　　我的一位朋友前陣子在過馬路時出了車禍，在僅僅十公尺左右的馬路。他告訴我他看著號誌燈已變成橘黃色，他緊張著往前衝，車禍就此發生，我問了她一句，「妳那時是在趕急著什麼？那麼地緊張？」她回應我自己也不知道，只是如同直覺反應般的向前衝，那時想著地盡是失去了這麼幾分幾秒鐘，實在想不出怎麼會發生這樣的狀況，她同時也要我別替他擔心，因為她待在醫院中看著急診室那推出一位位血淋的傷患，她已想通趕著那幾秒鐘的不值得，要學習如何慢下來，她用一個半月裏石膏的日子當作學費，才得以習得。

　　對我而言，人們真正所該追求的「快」，應當是效率，而非汲汲營營，又或者不顧健康、安全地去衝撞，拿著身體當賭注，付出胃的健康又或者生命；適時的「慢下來」能讓我們獲得更為安全健康的生活，又時更能讓我們體驗生活，小如一塊肉亦不例外，試著偶爾慢下來吧！感受更多精彩，卻被過去的我們所忽略而應當擁有的「慢」。（紀佳彣）

 論述精彩，舉證亦契合題旨，唯景物氛圍營造的技巧未能運用在文章中，甚是可惜。

❖ 清晨起床，窗戶外頭早已經被蟲鳥給占領了，走在街上，人不多還稀稀疏疏的，街道鮮少人聲，我還可以清晰地聽出是什麼鳥在鳴叫，是五色鳥、是燕子、還是綠

繡眼，好不熱鬧。坐在早餐店中吃著蛋餅，看著街上的景致時移事異。

　　天漸漸亮了，街上的人和車也漸漸的多了，而蟲鳴鳥叫卻被人聲鼎沸所淹沒。走在路上的我看見上班族因為害怕遲到而衝進辦公室，小學生害怕被糾察隊登記而不管愛心媽媽的指揮在街上狂奔，人們的臉上沒有笑容這都是心中害怕所造成的。人們害怕遲到會被扣薪、被罵而奔跑，奔跑的過程中他們也失去了許多美好事物。有可能是頭頂的太陽又或許是路旁花圃中的小花又或者是家中孩子天真純真的笑容。慢一些吧！人在工作中的生活已經相當苦悶了，如果連欣賞風景或是陪伴家人的一絲時光都沒有，那肯定會悶到爆炸。

　　欲速則不達的道理人人都懂。走在路上的我聽見一聲刺耳的煞車聲，「碰！」一聲，兩車相撞了，兩輛車趕著是黃燈轉綠燈，紅燈轉綠燈的幾秒鐘。車主下車後，大聲疾呼：「你幹什麼啊？」回覆的人也不甘勢弱的說：「我趕時間啊！上班要打卡。」另一個人也回說：「我也要打卡啊！你不會看交通號誌啊？我們叫警察！」原本等個紅燈至多一分半鐘但是因為逞一時之快，今天的班也不用上了。或許等個一分半鐘不會遲到，但是一次車禍不僅沒了工錢又要花更多的錢修車、就醫。就如同我在段首提到的「欲速則不達」人人都清楚但並非大家都可以做到。

　　大家試著慢下來吧！或許逞一時之快真的可以讓你獲得一些利益，但是當每個人都這樣思考時，大家都在

趕，也讓社會變得冷淡、無愛，使見死不救的案例增多。但一時得快或許使你成為下一個期盼有人救你的傷患，所以慢吧！（黃鼎鈞）

評語 首段的寫景已營造某種特殊的氛圍，以此烘托事理，使原本精彩的說理更具說服力。

寫作單元二

君子學而優則仕
——公民與社會議題的閱讀與寫作

寫作訓練一　文本閱讀與分析

請閱讀下面文章，並依規範回答問題：

臺灣社會重利貪財的價值取向到底是如何形成的？

從歷史背景來說，臺灣基本上是一個移民社會。在三、四百年前開發的早期，大部分的移民來自於閩南和廣東客家地區。這兩個區域山多田少而土地貧瘠，加以人口的壓力，向來就有往海外移民的傳統，這裡的人民不像中原地區的漢人，具有守成認命的性格，相反地，向外發展的冒險精神格外明顯。他們移民的動機大部分是為了謀求經濟利益以改善家庭生活。

十七世紀以來，荷蘭人的移入，直接將西方資本主義「重商貿易」的觀念引進臺灣，最具體的事例就是「商品出產」與「商品流通」的機制。移民自中國大陸的漢人農民雖然仍是一個農業生產者，卻必須學習商人性格，才能應付新環境的改變。就是在這樣的歷史背景催化下，臺灣人養成「重利貪財」之價值取向的客觀條件便逐漸形成。

國人深具重利愛財的心理，是日常生活中常可體驗到的一般印象。人們常用錢財做標準來比擬其他價值，也常用錢財來衡量一個人的成敗得失。譬如，臺灣民間常流行這樣的說法：「人格有什麼價值？值多少錢？」、「有錢、有勢，卡要緊啦！有了錢，萬事通」、「見到錢，眉開目笑」、「褲頭有錢，就是大爺」、「人為財死，

鳥為食亡」……等等，不一而足。因此，在臺灣社會裡，人們講究的是「日頭赤炎炎，隨人顧性命」，笑貧不笑娼，有錢就叫爺娘，自古以來就成為人們奉行的準則，十分地現實，卻相當實際。

自一九八〇年代以來，社會裡游資過多，人們有了充沛的金錢從事投機性金錢遊戲。一時賭風熾盛，玩大家樂、六合彩的風氣流行，地下投資公司與期貨買賣也生意興旺，玩股票、炒房地產的更是大有人在。幾年下來，整個社會被捲入狂熱的冒險賭博風暴之中，臺灣被譏為投機冒險家的天堂。無怪乎，有人戲改 Republic of China 的簡稱 R.O.C.為 Republic of Casino 的縮寫，臺灣也贏得了「貪婪之島」的盛名。事實上，國人出國遊玩時酷愛瘋狂採購，出手闊綽早已遐邇寰宇，這些舉動一再強化了臺灣人重利貪財、具物質傾向與缺乏高尚文化素養的刻板印象。（節錄自葉啟政《臺灣社會的人文迷思》）

寫作說明

此一訓練除了使人瞭解臺灣社會「重利貪財」的現象之外，也提供同學一個自我省思的機會，文章發人深省之處頗多，無論持贊同或反對的意見，都是一種自我深刻的反省。

一　這篇文章主要在闡述什麼？

❖ 闡述與議論臺灣「重利貪財」的來由以及臺灣人因「重利貪財」的性格所做出的行為。（黃鼎鈞）

❖ 臺灣社會貪財重利演變歷史過程。（蔡榮敏）

❖ 闡述臺灣人重利貪財的原因和歷史背景有著密不可分的關係。（鄧鈞至）

❖ 借著歷史背景闡述其價值取向的輪廓，臺灣社會重利貪財的形成原因，進一步批判臺灣社會人的迷思。（李佳美）

二　臺灣社會重利貪財的歷史背景是什麼？

❖ 在十七世紀臺灣被荷蘭殖民，在西方資本主義、重商貿易的影響下，務農的臺灣人只能學著變成商人，久而久之，就養成了重利貪財的習性。（黃安汝）

❖ 因為移民帶入經濟利益文化以及西方世界所傳播的資本主義，因此社會重利貪財的性格就此出現。而一九八○年代因社會投資過多，經濟狀況良好，因此助長了人們心中貪婪、奢侈的性格。（黃鼎鈞）

❖ 荷蘭人的移入，將資本主義觀念引進臺灣，臺灣人來自

中國大陸漢人，原為農業生產者，迫於生存，學會商人性格，所以今日「重利貪財」並非人民自學而成，而是由不同地區人民移入所導致的。（蔡榮敏）

❖ 臺灣從原住民開始就一直是個移民社會，而移民的本質就是以「利」作為考量。再加上後來統治過臺灣的各個國家，不但傳入「重商」的觀念，而且還一直掠奪臺灣的自然資源，這些因素成就了現在的這個重利貪財的臺灣。（鄧鈞至）

❖ 自早期移民開始，閩南、客家等地區的人就為了謀求經濟利益以改善家庭生活。到了荷治時期，促使農業生產者們必須學習商人性格，逐漸地養成重利貪財的價值取向。到了一九八○年代之後賭風盛行更醜化了臺灣人的形象。（李佳美）

三　請根據前文，舉例說明臺灣人重利貪財的價值觀為何？

❖ 例如：人格有什麼價值，值多少錢、有錢有勢，卡要緊啦！有了錢，萬事通、有錢就是大爺、人為財死，鳥為食亡、笑貧不笑娼、有錢就叫爺娘⋯⋯等。（黃安汝）

❖ 由流行俗諺中，如「褲頭有錢，就是大爺」、「人為財死，鳥為食亡」⋯⋯等。可以看出重利貪財的價值觀，

而臺灣人在國外瘋狂採購、賭博的風氣正可以看出因重利貪財的價值觀所造就的行為。（黃鼎鈞）

❖ 因從小受家庭環境的影響，產生對任何事物都用錢來衡量的價值觀，價值觀的改變，也讓臺灣贏得貪婪之島名聲。（蔡榮敏）

❖ 長期累積以來，臺灣重利貪財的想法深植人心，現今的臺灣人都以「錢」的角度來衡量一切，有錢的人就是王，可以主宰所有事物，沒錢的人就只能受人鄙視唾棄，導致現在人的價值觀難以改變。（鄧鈞至）

❖ 臺灣人的血液中大部分都流有冒險的性格，也因為如此，導致他們時時刻刻都很重視財利，可能在無意識之下有一種「不知何時又要遷徙」的危機感，更把握當下的得失，因此才會變得很現實。（李佳美）

四 文中作者對臺灣「Republic of Casino」、「貪婪之島」、「缺乏高尚文化素養」等批評，你有什麼想法？可提出反駁，亦可提贊同意見，並說明理由。

❖ 我認為愛財是人性，每個人都會有的，只是程度輕重而已，沒有必要這麼尖銳的斥責。而且我覺得在我身邊並沒有這麼貪婪的人，至於「缺乏高尚文化素養」，或許幾年前的臺灣是這樣，但臺灣已經進化了！（黃安汝）

❖ 臺灣人的性格、價值觀也許是貪婪的，但我覺得文化素養沒有低賤與高尚的差別。文化可能因歷史因素、地理因素而有不同，作者不應該使用「缺乏高尚文化」的詞彙批評。而我贊同這者對貪婪的批評，因為人們若過於重利與貪婪，這可能使社會太過陰暗和敗壞，應當改進。（黃鼎鈞）

❖ 貪財重利是人的本性，也是人之桎梏。在日常生活中就能見到人的醜惡面──「自私」，從幼稚園的娃兒到柱著枴杖的老頭，就靠著這點小利生存下來。在這世界上唯有一人不重名也不重利，不貪財也不多富，那就是上帝，上帝用他的愛教導我們，以贖罪來化解世間人情仇愛恨。臺灣也有好的一面值得表揚的文化，如排隊文化、垃圾分類，這些都是其他國家無法做到的。貪婪，只不過是一時的享受，人說富不過三代，有錢也只是曇花一現，過眼雲煙，活在世上，爭什麼，爭得過天嗎？活得有價值，活得自在，高尚，素養，文化，中國人就是一個金字招牌，能說中國話，能寫中國字，代表一種文化，董陽孜的書法，李安的電影，吳季剛的服裝，誰能說臺灣人沒文化。（蔡榮敏）

❖ 文中對臺灣的批評，只是對部分人的印象，但是這些人卻足以代表臺灣，可見這些人的影響力不容小覷。我贊成作者對臺灣的評論，在歷史、環境等影響下，形成作者筆下的「貪婪之島」，我覺得並沒有什麼不好，這是

　　屬於臺灣自己的「民族性」。每個人看事情的角度不
同，很多人很多地方都一定存在著貪心，臺灣不過是比
較明顯而已。（鄧鈞至）

❖ 就歷史時間來說，臺灣在一九八○年代或許真是如此，
被嘲諷、批評也是應該的。但是，幾十年過去之後，臺
灣人民固然還是貪戀錢財，只不過明顯收斂許多。物質
傾向的文化素養，不一定就是低劣、次級的。當中國人
也踏上臺灣人的足跡時，難道亞太地區的華人們都擁有
鄙陋得人文思想嗎？（李佳美）

寫作訓練二 概念的思辨

> 下列是幾個有關「文化」之二元相對的概念，請閱讀理
> 解之後，根據各組概念之精神內涵，列舉具體事例，並
> 說明你對每一組相對概念的認知。
>
> 　一　傳統文化與現代文化
> 　二　中國文化與臺灣文化
> 　三　國際化與本土化

寫作說明

　　這又是一個訓練同學二元思辨的題目，在抽象的思辨
中，宜舉出具體的事例，才足以支撐自己的論點。

❖ 傳統文化對女性叫貶抑，而現代文化則主張性別平等。
　奶奶都會說女孩子的衣服不能放桌上，媽媽就不會在意
　這些。中國的學生表現十分積極且好勝心較強，臺灣學
　生比較被動，也比較沒有競爭的心理。美國的好萊塢電
　影是全球的強勢文化而成為國際文化，知名的大牌演員
　和震撼的電影特效，人人都愛看。而臺灣的本土國片侷
　限在臺灣這座小島上，國片固然有它精緻溫馨的地方，
　但總還比不過好萊塢等電影的氣勢磅礡。（黃安汝）

❖ 一、傳統文化，如歌仔戲、布袋戲。而現代因外國文化

和科技的融入，造成傳統文化式微或改變，如霹靂布袋戲。

二、中國文化歷史長久，如一些藝術作品、文章，如王羲之的《蘭亭集序》、張擇端的《清明上河圖》、仇英的《漢宮春曉圖》和褚遂良的書法。中國文化也因歷史的發展，如鎖國、馬列主義，而較少外國文化的影響。臺灣因荷蘭、西班牙、日本以及美國文化的傳入而融合，與中國文化有不同。

三、國際化大多是跨國企業的傳入，如麥當勞、家樂福……等。而本土化則是本土人民、公司所營業之，通常資本較小，例如楓康超市、丹丹漢堡。

（黃鼎鈞）

❖ 老師與學生比擬為傳統與現代。上課時，學生忽然冒出一句話惹得周遭學生哄堂大笑，卻見老師低聲問那是什麼意思，而這問題顯現與老師之間隔閡，也因這樣常會在報章雜誌看到學生與老師之間衝突。

在中國、臺灣社會裡，感受到之間差異。在課堂上，學生踴躍順答並突破先前存有的想法，相對的，在課間中，學生不與老師直接互動，躲在桌椅旁悄聲悄語。

話說回來，會產生這樣的問題與文化有重大關聯。

豆漿與珍珠奶茶為本土文化、國際化重要代表作品，一杯黃豆研磨成豆奶，中國人的飲食，每日每餐均與豆類脫不了關係，由早上的一杯豆漿，中午的豆腐，

晚上的豆芽菜，全部都是豆，豆的飲食，豆的文化，豆的精髓，原是不見經傳飲食，市民小食，現在上了國際舞臺，素食抬頭，科學證明，黃豆有豐富蛋白質，類黃酮，豆漿演變為健康飲食。

珍珠即為粉圓，粉圓加上牛奶再加上紅茶，由臺灣傳到美洲、歐洲，無心的調配，現在全世界的人都愛不釋手，一杯珍珠奶茶，又濃郁又香醇，QQ 香香，喝一口之後，絕對還想再喝，臺灣茶飲文化傳送全世界。（蔡榮敏）

❖ 一、傳統文化的思想比較保守，以性別來說較無法接受變性或是同性戀等；相對而言，現代文化就開放多了，不但接受同性戀的存在，也更能接受男護士，這就是想法上的不同。

二、中國和臺灣在文化上最明顯不同的是態度，中國人無論是在求學或是在從商方面都是比較積極的，有什麼想法就會直接提出來討論；反觀來看臺灣就比較客氣些，客氣到有點太過萎縮，較不易表達自己的想法，給人消極的感覺。

三、國際化讓許多文化變得大同小異，而本土化就是讓文化間有所區別，不一定是由國際影響到本土，例如：本土的阿美族音樂曾被改編成奧運的主題曲，這就是一種本土走向國際的代表之一。（鄧鈞至）

❖ 一、自古以來，就有統治者和被統治者的差別，甚至還

會被分成貴族、平民、奴隸的階級。但當有人提倡
民主，主張人人平等，經過多次與傳統的流血衝
突，才讓現代的多數人免除不平等待遇之苦。

二、中國千年以上的歷史，源遠流長，發展出很強大、
富有影響力的中國文化——例如米食文化。臺灣不
過幾百年的歷史，卻有琳瑯滿目的文化，更懂得結
合中西，發展出自己的特色——例如珍珠奶茶。

三、國際花卉博覽會集合各國具有特色和代表性的花
朵，定期在不同國家展示，把各國珍愛的花，發揚
國際。本土五月白雪紛飛，客家油桐花節的賞花熱
潮，讓身在臺灣的本地人，也有沐浴含帶花香之白
雪的機會。（李佳美）

寫作訓練三 找出新聞事件的真相

以下是幾段有關臺灣新聞媒體的報導：

一、有一位科學園區的工程師，看到他夢寐以求的獨門獨院兩樓式別墅，深怕買不到，親自帶著一千萬元現金到現場交易，以免向隅。電視台畫面很誇張地拍到他從車上提著一大袋現金，到建設公司賣場打開來，工作人員圍在他旁邊幫忙數鈔票的情景。各電視台的主播對這一則新聞似乎津津樂道，不斷重播。

二、當一項名為「臺灣成人年度做愛次數統計調查報告」出爐時，各家媒體都以十分顯目的版面，給予大篇幅的報導。臺灣成人在這方面的成績很遜，排名吊車尾，每年做愛平均次數只有八十次。

三、颱風尾掃過中南部，二十四小時重複播放的電視新聞畫面，彷彿整個南投都被淹沒了。當所有的新聞媒體都往臺灣的中南部奔去，傳送回來都是滿目瘡痍的畫面，讓人以為中南部受到風災摧殘，無一處倖免。但事實上卻有少數地方幸運逃過一劫。

四、某某日報刊出電視名製作人和某位女明星去看電影，在過馬路的時候碰到紅燈，於是兩人停在安全島上當街擁吻。那一則新聞標題是「某某某和某某某當街擁吻？」報導內容非常戲劇化，查證於當事人，根本子虛烏有，才發現記者的想像力遠比當事

人還要豐富。

請根據上述四則新聞事件的報導，仔細檢視新聞媒體所犯的錯誤，並發表你的意見，指出媒體在報導新聞事件上的心態、角度或方法的偏頗。

寫作說明

寫出自己的觀點，必須先瞭解每一個新聞事件背後的謬誤：

一、新聞節目播出的內容，不一定是真相。其中，有些是以表演的成分居多。觀眾應保持理性客觀的距離，才不會掉入商業包裝成新聞的陷阱。

二、看媒體發布的各種統計調查報告時，應注意發起這項調查的單位、動機、方法及有效樣本的多寡，才不會被廠商的商業目的所牽引，誤判事實的真相。

三、媒體常常犯了「以偏概全」的錯誤，他們所呈現的往往只是新聞事實的一部分，並非全貌。試著從不同角度探討，包容不同的觀點，才能掌握完整的真相。

四、新聞的責任是報導真相。在新聞標題加上「？」，無異於是把新聞查證工作交給閱聽人自行判斷，主播和記者淪為八卦中心，自取其辱。

❖ 一、任何人都有買房子的自由，任何人也都有選擇如何交易的自由。有人高興扛一千萬去買房子也不干其他人的事，不管是炫富或單純怕買不到都沒什麼好

報導的。

二、是篇有趣的新聞，但資料來源有待查證。他們是如何調查國人做愛次數？接受調查的人是否據實回答？可信度高不高？都還需要證實。

三、每次遇到災難報導，媒體都很喜歡誇大，或重複播放災難畫面，讓閱聽人認為災害十分嚴重，而忽略一些災害較輕，或逃過一劫的地方。

四、媒體時常用一些誇張聳動的標題做一些令人嚇一跳的報導。但很多照片都只是因為攝影角度或其他因素而看起來真假莫辨。作八卦報導應先察證，不能隨便捕風捉影，亂下斗大標題刺激買氣，而傷害了事件當事人。（黃安汝）

❖一、在第一則新聞中，建設公司人員可能是表演而非真相，但是如果是真實的，新聞媒體也沒有盡到篩選有意義的新聞責任。

二、新聞媒體沒有盡到篩選真實、有效樣本和調查單位的責任。樣本的調查若非由公正單位所做出，可能會有廣告、炒作的成分。

三、以偏概全一直以來皆是臺灣媒體的通病。的確，增加閱聽人的興趣是媒體的期望。但給閱聽人真相是更重要的且是媒體的義務。

四、句號與問號之間雖然同為標點符號，但是意義、用法卻判若雲泥。此篇文章簡而言之，就是玩文字遊戲。媒體本身未能釐清真相，卻要閱聽人自行判

讀。一個問號使一人的清白蕩然無存，卻無伸冤的
機會。一件子虛烏有的事，卻毀了一人的前途、婚
姻……等。（黃鼎鈞）

❖一、工程師的想法單純，卻在報導中感受到炫耀的心
　　　態，這則報導欠缺公平性，我想，媒體瘋狂的報導
　　　是因為一千萬元的緣故，工程師買房子的新奇手
　　　法。

　　二、做愛次數和離婚有所關聯，記者不應認為做愛排名
　　　吊車尾而判定臺灣人的能力，近年來，常在報章雜
　　　誌見到空泛文章，而媒體識讀能力也大幅下降；真
　　　假難以區分啊！

　　三、記者趁著新聞新鮮度，大幅報導，也喪失媒體真正
　　　的意義。媒體所報導的新聞，聽者宜抱持著懷疑態
　　　度，不可一味隨媒體起舞，當記者渲染報導同時，
　　　也已經傷害當事人。（蔡榮敏）

❖一、工程師購買房子的方式有他的自由，媒體卻大肆報
　　　導這件事，不但扭曲了當事人的本意造成當事人炫
　　　富的效果外，這件事也缺乏報導的價值性，更未盡
　　　到身為媒體教導群眾的責任。

　　二、這篇報導太過主觀評斷，其數據的可信度也過低，
　　　接受問卷調查的施測者不一定都據實以答，更何況
　　　是在臺灣這個保守的社會！這也有可能是業者為了
　　　刺激消費而放出來的假新聞。

三、新聞媒體二十四小時一直重播災難的嚴重性，造成過多不必要的資源浪費，畫面也不夠全面，局面的報導有些言過其實，它以偏概全讓國人接收到錯誤的訊息。

四、這則新聞報導不實而且還人身攻擊，未經證實就出刊，不僅消費者獲得的消息錯誤，也對當事者造成傷害，標題用一個問號作結撇清問題，這是一種非常不負責任的行為。（鄧鈞至）

❖一、只不過是一個工程師怕買不到喜歡的房子，而提領大量現金去買。但是，媒體卻把焦點放在那一張張鈔票上，無厘頭的大肆流傳。因此當人們在面對媒體時，要懂得看出整個事件的重點，而不是任由媒體牽著鼻子走。

二、沒有人知道統計的人有什麼真正目的，受訪人（尤其是臺灣人）也不見得以實俱答，也很有竄改數據的可能，看到此類的調查統計還是別信以為真的好。

三、只要是事情，都一定會有兩面，事實會因為個人觀點而改變，或許真的有一些地區損害嚴重，但也一定有地方是平安無事的。只要打個電話，確保親朋好友相安無事，適時伸出援手也就夠了！

四、想像力本來就是無限的，大多數人都喜歡這類煽情的報導，才讓狗仔更加猖狂，但卻沒有人會在意當事人的受傷與否，這樣的文化實在不可取。（李佳美）

寫作訓練四　引導寫作

　　司法院大法官會議做出第六八四號解釋，認定大學生如不滿學校處分，有權可提起訴願和行政訴訟。臺灣大學李校長表示，依據《大學法》的規定，學校在法律範圍內有自治權，學生也很多申訴管道；大法官做出這項解釋，可能造成學校和學生之間關係的緊張。學校是教學的地方，學校和學生之間的關係，應如何維持和諧，避免陷於緊張，而影響教學活動，是學校和學生雙方面都應關心的問題。<u>對大法官的這項解釋和李校長的反應，以你在學校的親身體驗或所見所聞，請以「學校和學生的關係」為題，寫一篇完整的文章。文體不拘，文長不限。</u>（100 年學測）

寫作說明

1. 內容理解與思辨：司法院大法官的解釋是從「法」的角度來詮釋學生的權利；臺大校長則從「情」與「理」的角度來連結學生與學校的關係。凡事要情、理、法三者兼顧，才能辨析事件的真相，找出解決問題的方法。

2. 寫作技巧叮嚀：

　　本文以論說體裁寫作較為適宜，但是舉例證時融入某些情境的描述會更有真實感，也較有說服力。至於謀篇布局則以「論—敘—論」為常態，若能採用「敘—論—敘」的邏

輯，融入景物的氛圍烘托，又較能推陳出新。

❖ 在親戚任教的國中有一位女教師，教學認真，兢兢業業，從沒出過什麼差錯，也算得上是一位受人肯定的老師。有一天下午，有一位學生翹課不成被女教師發現，為了防止學生逃走，情急之下女教師用力扣住學生手腕。事後學生聲稱自己手腕瘀青，對女教師提起訴訟。

　　現代學生對師長提出告訴越來越容易，市民熱線也十分方便。在學校學生有一點不如意，想要申訴實在不乏管道。而在如此事態下，老師們想要有效的管理學生又不惹禍上身，也越發困難。許多老師乾脆兩手一攤，反正不關我的事，誰管那麼多！對學生的劣行睜一隻眼閉一隻眼，只要不捅大摟子就好！於是學生越無法無天，老師越無力管教。

　　那位對女教師提告的學生自己有錯在先，不懂得檢討反省，盡到身為學生應盡的本分，反而控告女教師手握得太用力使他瘀青，根本是搬石頭砸自己的腳。不僅顯現自己的愚蠢和得寸進尺，更是重重破壞了師生情誼。面對師長，學生終究是晚輩，是在下位者，況且古訓有言：「尊師重道」。如果師長真的有太惡劣的言行舉止，學校系統也有許多管道可以申訴，實在不必用到「提告」這樣激烈的手段。

　　其實教職人員不必為了自保而枉顧正道。「教不嚴，師之惰」，自己盡到為師的職責，教導學生、規範學生，其他的法律和社會自有定奪。學生們是正值青春

的青少年，須要長輩的指引，若老師們在這時候退縮，那學生和國家的未來就真是無望了。學校中難免有較嚴格的老師或不合時宜的規範，如果學生的權益受侵害，可和學校單位溝通協調。雙方不要預設立場，各退一步，才能擁有雙贏的結果。

　　幾年前，某女中的學生不滿校方不可穿著運動褲進出的規範，串連全校在中午時在操場脫掉裙子以表達訴求。我認為這是一個很好的方式，既民主，又不傷害他人，也可確實傳達自己的目的。校規不是約束而是規範，也是由人制訂的。在合理情況下改掉不適合的條文，不僅是學生，更是學校的進步。學生和教職員都能盡守本份，反躬自省，有問題就溝通討論，我相信維持校園和諧不是難事。（黃安汝）

評語 舉例適切，能充分印證事理，凸顯主旨，筆調中的自信亦使文筆流暢而優美。

❖走在路上，看見大學生封路遊行，抗議學校不平等待遇，要求立法改善。不禁想起父親曾說過：「以前在學校，做錯事、考不好就被打，子虛烏有的處分、警告、小過是家常便飯。到了大學，教授肆意當人也無可伸冤。」看來現在因為立法、大法官釋憲而有所改變的體制已經好很多了。

　　但是現今在大法官第六八四號解釋後的《大學法》真的比較好嗎？學生是否能獲得更多的利益呢？在大法

官第六八四號解釋後，賦予大學生不僅是退學，還包括不滿處分即可提行政訴訟的權利。承如臺灣大學李嗣涔校長所言如此可能造成學校與學生之間關係的緊張，而且學校擁有一定的自治權，又已經給學生很多申訴管道。但是申訴管道的公正度、公信力是學生最關心的地方。正是因為不信任申訴管道，所以才去爭取提行政訴訟的權利。學校應該在申訴管道上保持公正、客觀，並給於學生陳述意見的權利。

　　木已成舟，米已成炊。修法已成定局，但是學生應該拿捏分寸，不可事事上法院，不僅僅浪費珍貴的社會資源又花錢還會傷和氣。因此我覺得應該先使用完所有的校內申訴管道後才提行政訴訟，而且在校內申訴管道中應該要有數名學生代表以維持公正、客觀的懲處標準，不可一味地圖利校方。

　　遊行的人龍聲勢浩大，在街上將心中的怨言一次吐出。希望在不久的未來，和諧與權力可以兼得，校內早日恢復和平、研究學習為主的氣氛。（黃鼎鈞）

評語 論點清晰、立場明確。以「敘一論一敘」所營造的情境充分烘托事理的鋪陳。已見氛圍營造筆法的純熟。

❖ 太陽緩緩從海平面上爬升，晨光射破圍繞在山頂的雲霧，黃色奶油舒緩散布在校園中，各個角落瀰漫淡淡的香味，踏著輕快腳步走向校園，甜甜的香味伴隨著我跳

進園中，我的心情好似向日葵迎接日光的神情，半懸的月亮掛在樹梢上。途中糾察隊大聲問到「同學，這書包是學校的嗎？」這一問打破寧靜享受的早晨。

每一所學校都有服儀規定，衣服要怎麼穿，學號、姓名要繡在那兒，褲子、裙子不能過短、太緊，書包不能背學校之外的包，裙子不能高低於膝上下二十公分，一條條規定詳細列在學生手冊上，學生如同阿兵哥，所做的每一件事情都有所規範，如早飯、洗澡……的時間等，每日早晨服儀的情況如同電影中的教官拿著鞭子一一檢查每位同學穿著，有不符合規定即用鞭子敲打，好讓同學有所警惕，雖現今沒有體罰的制度，但糾察隊所說的每句話，如同鞭子一樣捶打在我心頭。

話說回來，學校有校規；班有班規，家有家規，一切規定代表團體對事物的嚴謹度，我想，如果社會沒有法律的制裁，強盜成為一個合理化的職業，「貪贓枉法」被引伸成社會現象，而社會上僅存的聖人逃的逃，躲的躲。

規定讓這一切社會有所秩序。一個小小的服儀規定，能讓校園好管理，並具有整體性，當不法人士進入時，能判別是否為「害人」。

心裡忐忑不安，眼角瞄向站於旁邊的母親，驚恐希望母親能伸手幫我，母親卻慢慢遠離我的視線範圍，消失於人群中，我小聲回答「這是學校的書包」，一字字吐出嘴裡，糾察隊咄咄逼人的神情，令人害怕，我加快腳步躲進沒人可以看見我影子的角落，心臟噗噗噗跳動

著，產生許多想法，這早晨好像從雲端陷入千纏萬繞的
繩結中。（蔡榮敏）

評語 首尾的情境氛圍營造得恰到好處，文筆及論述的內
容亦深刻而可圈可點。

❖ 噹——噹——噹——噹——，下課鐘聲響起，正當學生們
準備大玩特玩時，辦公室裡傳出一陣咆哮聲，原來是甲
同學不滿因為缺席數太多而被記大過，正激烈地和老師
爭論，老師說這個處分的實施與否他並不能決定，但甲
同學完全聽不進去，而造成現在這個僵持不下的局面。

　　校規，是打從一開始存在的規範，遵守校規本來就
是每一位學生應盡的本分，這對每個人都公平，如今甲
同學違反校規有錯在先，竟還理直氣壯地與老師爭論，
不但不反求諸己，反而還加罪於人，甲同學的這種行為
實在是不被稱道。

　　但若是換個角度來想，校規是死的，人是活的，是
否因為過於老舊的規範無法順應時代的變遷而不堪使用
呢？或許甲同學是家裡臨時有事而不能到學校上課，亦
或突然生重病也是有可能的，我認為學校也有些疏失，
應在決定處分前先問清楚原因，若是有不可抗拒因素，
這也是情有可原的。

　　學校和甲同學各有各的缺失，甲同學或許沒錯，但
是他的態度不佳；學校的規範看似完善，但或許也有不

合時宜的規定，「神仙打鼓有時錯，腳步踏錯誰人無？」每個人都會犯錯，沒有人是完美的，只要誠心誠意的認錯，並且改過自新，一定能得到對方的諒解。

　　在經過公正第三人的調解之下，甲同學承認自己的態度不好並向老師道歉，學校也釋出善意主動提議要修改校規，讓學生享有更大的權益。學生和學校的關係可以交惡也可以是和諧的，甲同學就是一個很好的例子，有衝突沒有關係，最重要的是能共同打造出更美好的未來。（鄧鈞至）

評語 以事例起筆，以事例作結，在情境氛圍的安排上頗能推陳出新，增添了事理論述的可讀性。

❖我們之間的關係，一言難盡。

　　我們之中沒有任何一方是真的樂意和對方搞曖昧，也沒有人心甘情願的真正想和對方有一絲糾葛。我們雖然深感無奈，但也無法逃避，長達十六年的關係，甚至是更多年的歲月，能使我們互相解脫的，並非「離婚協議書」，只是一張不假雕飾，沒有護背和表框，一個簡單的年、月、日，偷偷透露我們雙方年紀的「畢業證書」，而且，如果是個平凡人，還得集滿四張，才算的上是真正的解脫。

　　路還很長，夜依然深；警告尚未消完，禍仍舊不單行。一大清早，教官嚴肅的站在校門口，凶神惡煞宛若

門神，手錶上的指針早把七點半拋得老遠。一個學生領帶打歪，鈕扣扣錯，頭上頂個大鳥巢，邊打呵欠邊左搖右晃的撞進校門口。「又是你！遲到四次，警告一支！」河東獅的獅吼功，震得學生兩耳嗡嗡作響，他卻也無力反駁什麼；教官見他沒反應，血壓一升，怒髮衝冠，卻冷冷一笑，拖住學生道：「衣衫不整，有損校譽，警告一支。」學生貌似不痛不癢，一個「喔！」就如幽靈魂魄般飄離教官的視線。

　　教室裡，滿是既期待又怕受傷害的氣息，學生自動入座，打開早餐盒，開始一口蛋餅打一個瞌睡的模式，龜速地吃完他的早餐。站在台上的老師，忍耐度底線就這麼無聲無息的被扯斷了！「你！就算你是全校第一，也不能如此輕視師長啊！侮辱師長，警告一支。還有，上課不能吃早餐，警告再加一支。」一天四支警告直撲那名學生，但他仍然不以為意，沉默並獨自接受著合理與不合理交織而成的處罰，每天中午和午休努力「愛校服務」消警告，任由別人笑他痴、笑他傻、笑他呆、笑他蠢，但沒有人知道，他乍看頹廢、無所謂的消極，事實上卻是將大事化小，小事化無的積極。他知道，所謂的學校，就是將合理和不合理諸加在學生們的身上；所謂的學生，就是得化苦差為美差。雖然他有權力為自己辯護，伸張正義，他也有做到的能力，但他淡定的掠過一切，劍拔弩張的氣勢和蓄勢待發的口水戰均是一臉錯愕，瞬間反應不過來，好讓他能把握時機迴避下一波緊張。

　　學校常犯下以「莫須有」治學生罪的錯，通常是情勢緊張的誘因，而學生常犯下以「革命無罪，造反有理」、「教育不公、政治迫害」為藉口去推卸合理或不合理的責任，也是主要情勢變得更緊張的成因。

　　四張畢業證書還沒領到第三張，學生和學校的關係猶存，與其轟轟烈烈得和學校大戰三百回合，為何不如平平淡淡地順利集滿畢業證書，解除關係？

　　我們之間的關係，一言難盡。（李佳美）

評語　布局嚴謹，氛圍經營得當，取財與措辭亦處處精彩。足見寫作之用心與技巧之精進。

寫作單元三

兩性教育的新思維

——性別教育議題的閱讀與寫作

 寫作訓練一 文本閱讀與分析

請閱讀下列文章，並回答問題：

　　惡劣的三字經真的不可取，不是因為它提到了性，也不是因為它露骨的談性，而是因為它利用了「性」在這文化中一向所累積的的禁忌位置，勾動了人們對「性」的無知和戒懼，積極的把「性」當作辱罵人的工具，把「性」牢牢的連結上仇恨、憤怒、嫉妒等等負面的情緒。這麼一來，由於性都是負面的東西連在一起，反而使得「性」無法發展其正面的意義，因而更加把性——這個我們日常生活中常常貼近身體情緒感情的事情——醜化了。

　　三字經，或者髒話，就是這樣強化了一般人面對「性」的時候的焦慮厭惡。因此使得我們在被用三字經罵的時候，不但「特別」恨那個罵的人，「特別」恨那件使我們挨罵的事，還同時無意識的也對性產生「特別」強烈的厭惡感。這些都顯示了我們文化對「性」的另眼看待。

　　然而，有時三字經也有促進心靈健康的效用。例如，關門時不小心夾到手指，這時候大喊三字經真的是舒緩痛楚的好方法；受到上級欺侮，有冤難伸時，除了蒐集證據以備日後檢舉外，在無人或塞車時大罵他幾句三字經，也有維持身心平衡的功能；在臺灣惡劣的開車文化中，碰到惡形惡狀的司機，或是汽車輪胎被放了

氣，或是車身烤漆被刮花了，這時狠狠的罵出幾句髒話，就有助於減低你殺人的動機。

從這些方面來看，髒話不一定是惡劣的、不好的東西，以平常心來看待，選擇性的使用、有智慧的使用，恐怕是我們需要培養的能力。（節錄自何春蕤《性／別校園——新世代的性別教育》）

寫作說明

這篇文章在說明三字經（髒話）的負面與正面的意義，觀點新穎，且具有學理科學性，也頗具說服效果。除了提供同學新的觀點之外，當然也具有訓練同學閱讀理解與分析思辨的能力的功效。

一　這篇短文主要在闡述什麼道理？

❖ 人們罵三字經，提到了有關性的禁忌位置，也將其醜化了，這都顯示出文化對性的另眼看待。但髒話不一定是壞的，要懂得以平常心看待，選擇性的使用。（林圓倫）

❖ 髒話，或許最常代表著惡劣又不好的話語，但偶爾在適當的時機中，髒話也許是發洩情緒的助手，從這層面來看，有好也有壞。（莊韻儒）

❖ 說髒話不一定是不好的，但不可以「性」為手段造成他人的恐懼焦慮。（黃安汝）

❖ 人們對性產生扭曲的價值觀，進而勾動了人對性的無知。三字經卻也可以促進心靈的抒發。（吳宜庭）

二　作者認為罵三字經或髒話最不可取的地方是什麼？

❖ 三字經會勾動人們對性的無知與恐懼，把性連接上自己的負面情緒，積極地把性當成辱罵人的工具。罵三字經，強化了一般人面對性的焦慮厭惡，同時無意識的對性產生特別強烈的厭惡感。（林圓倫）

❖ 三字經裡將「性」醜化在一字一句中，「性」成了辱罵的工具，原本自然的事情被扭曲成了負面的，讓我們對「性」也產生了厭惡與反感，而說出口的那個人也成了憎恨與挑起禍端的開始。（莊韻儒）

❖ 挑動人們對性的戒懼，把性連結上負面的情緒，使「性」變得不自然不道德，令人受到威脅或感到害怕，使它無法向正常的方向發展。（黃安汝）

❖ 作者認為三字經最不可取的便是去仇視性，雖然在生活中遇到不適而罵髒話有助於紓緩自己，使心靈平靜，但多數的人卻醜化了甚至濫用它。（吳宜庭）

三 從文章中，可不可以找到罵三字經或髒話的正面意義？請寫出來，並加以說明。

❖ 罵三字經有時可以助於身心健康。被上級欺侮，新買的手機被刮花，碰到惡形惡狀的司機等，一個人在山上罵三字經洩怒，在車內無人時發洩情緒，靠著罵三字經來釋放負面能量，有助於減少殺人的動機。（林圓倫）

❖ 罵三字經有時也有「促進心靈健康」的效用，像是腳撞到石頭的瞬間大喊三字經是一種舒緩疼痛的方法。有時有「維持身心平衡」的功能，像是車子被別人刮花，東西被弄壞等，罵出髒話可以壓下一時想打人或殺人的衝動。（莊韻儒）

❖ 有時候罵髒話可成為宣洩情緒的管道。在心裡非常不平的時候自己罵給自己聽，會有一種很阿Q的勝利的快樂。每次跟媽媽吵架生氣到不行的時候，我就會回房間瘋狂飆髒話，然後就會覺得沒那麼生氣，可以冷靜的和媽媽溝通了。（黃安汝）

❖ 正面意義就是當你心情不快或是憤怒到火冒三丈時，可以藉由罵三字經來減緩你失控情緒，如此一來，你便不會擁有遷怒別人的機會，也不會有發洩在動物上的時候。（吳宜庭）

寫作單元三

四　在生活周遭，當你聽見或親身遭遇三字經、髒話的辱
　　罵時，你是什麼樣的心情？請指出正面或負面的意
　　義，並加以說明。

❖ 在我聽到他辱罵三字經時，雖然有時不是在針對我，我
都會覺得很難聽，用更大的音量叫他安靜。聽三字經時
會對我小小的心靈造成嚴重的負面影響，會使乖巧懂事
的我學壞。（林圓倫）

❖ 每當聽到有人罵出三字經或髒話時，通常都會有一種厭
惡的感覺油然而生，心想那個人很沒水準，但有時了解
或知道他為什麼要罵那些話時，罵出來，心理會好一
點，那罵出來，何嘗不是件好事？（莊韻儒）

❖ 大部分的髒話就像語助詞、形容詞、口頭禪、發語詞、
或是開玩笑的一部分，並不用太認真看待。但如果是真
的用來罵人，我會覺得那個人沒家教、沒氣質。不過罵
髒話這件事本身就很阿Q，因為基本上都是不可能實現
的吧。（黃安汝）

❖ 當聽見同學們在辱罵不好的字眼時，我的心情不會太
好，如果他動不動就有髒話脫口而出，我會認為他的素
養不高，但若那個人正逢低潮時，我倒認為適時的辱罵
反而可以使他心情平靜。（吳宜庭）

寫作訓練二　心理測驗──狀況選擇

寫作單元二

請詳讀下列的心理測驗，並依規範回答問題。

假如你是一位老師，你在班上發現男同學的長褲下隱約可以看到他穿著女性絲襪，你會有什麼感覺？你會做什麼處理？

① 我覺得很奇怪，好奇他為什麼穿絲襪，但不會去問他。

② 我會覺得很奇怪，會個別找這位同學來問。

③ 我覺得很噁心，不會去理會他，因為那是別人的事。

④ 我覺得很噁心，會當眾命令他不准穿。

⑤ 見怪不怪，反正這年頭男女莫辨，這算什麼。

⑥ 我覺得太不像樣，會當眾揶揄他。（林燕卿《校園兩性關係》）

請選擇與你心中反應較為接近的答案，並說明原因。

寫作說明

依照專業心理分析所提供的資訊：

1. 如果你選擇①、③、⑤，表示你在性教育的知能方面仍待加強。所以在行為上呈現的是不要主動去問當事人，因為一旦問不出所以然或學生不答，會令自己更尷尬。這時必須多增加性教育方面的知能，增加自己

處理問題的能力。

2. 如果選④及⑥則較為不妥。因為事情尚未弄清楚，以那樣的口氣質問學生，會使學生難堪，感到自尊心喪失。或許只是因為他一時找不到襪子，才臨時穿上的，經此打擊會增加他心中的罪惡感。

3. 如果選②，是個不錯的開始，試著以上述的提示，找出癥結，協助處理問題。最重要的是，穿絲襪行為的背後動機需深入探討，如果僅是單純的穿襪子，它並無不妥，但如果穿上後會產生性慾、興奮，那就表示有問題了。

透過課堂討論，再根據這些訊息，同學應該可以建立正確而客觀的態度，寫出來的答案也較有深度。

❖ 我會選擇不去理他，反正這年頭的男女性別已無太大的區別，中性的打扮也是流行的趨勢，看到他有嚮往女性的一面，我們應該要給予尊重，所以他穿絲襪對我一點影響都沒有。（林圓倫）

❖ 可能會好奇，但對於別人的穿著打扮是個人的自由，就因為有這樣的人才能使我們的世界充滿多樣化，更多采多姿。問的話就會顯得他很不一樣所以只要他自己喜歡就好，不要受排擠或孤立就行了，可能會問問其他同學有關他平常的狀況之類的。（莊韻儒）

❖ 如果是從同學角度我會選①，從老師角度我會選②。畢

竟身為老師得多關心學生。男學生穿絲襪從各方面來看是比較奇怪，可能是有什麼特殊的原因。老師遇到狀況就要及時處理，防微杜漸，但身為同學我可能就不會多管了。（黃安汝）

❖ 如果我看見我的學生有這樣的行為，我會個別約談他，因為我想了解她心裡的想法，或許他在性別角色的扮演上感到迷惘，需要有人來導正他，我想要幫助他找到定義自己的方向。我會私下個談，因為我們要保留給學生私人的空間。（吳宜庭）

寫作單元三

 寫作訓練三 情境寫作練習

下列是幾種假設情境，請仔細思辨，然後根據文後之規範寫作。

在你的生活中是否遭遇或見過下列類似的情境？

一、班上有幾位男生，喜歡聚在一起說黃色笑話，有時還會透過言語或不當的肢體動作欺負女學生。

二、某科男老師對班上的女生比較溫柔，有時還會有一些曖昧的言語或動作；對男生則頤指氣使，常常大聲咆哮。

三、某科女老師穿著時髦暴露，對班上的男同學非常溫柔，有時還會對男生摸頭或擁抱；面對女生則表現得很冷淡、嚴厲。

四、班上某位男生和某位女生已經是男女朋友，他們常常在教室表現很親暱的動作，有時吵架了，還會在教室大聲爭吵。

五、常聽長輩們教導我，男孩子要有承擔，不要輕易掉眼淚；女孩子吃飯、坐姿要端莊，不能開口大笑、大嗓門兒說話。

請選定上述情境一種，仔細描述情境的人物與情節，並說明你的因應之道。文長限 200-250 字之間。

㊢作㊣明

　　情境的描述與取材能力的訓練有關，所以同學必須慎選事材，注意敘事的邏輯。至於自己的因應之道則沒有固定標準答案，只要可以自圓其說，自然言之成理。

❖ 我比較常遇見的是第五種狀況。在每年過年時，我都會回雲林跟親戚團聚，紅包是我最期待的過年禮物，所以都會一一向長輩拜年，當然，也會收到紅包。長輩會藉此機會向我講些道理，告訴身為長子的我要勇敢，要有擔當，不要輕易掉眼淚，並期望我能當個男子漢，長輩有時也會告訴我要娶溫柔、會顧家、有氣質的女孩。雖然長輩的觀念與我不同，但是我只能繼續聽下去，有些時刻我真想反駁他，告訴他不要有性別刻板印象，告訴他我的新想法與新價值觀，與我在公民課所學到的知識。（林圓倫）

❖ 時常，在日常生活或戲劇當中，都會看到長輩對兒女的期許中，摻入了有關性別刻板印象的想法與意象。例如，男孩有淚不輕彈、女孩要端莊等，長輩常常會教導：「女孩子吃飯時嘴巴要閉起來，慢慢吃，不要那麼大聲。」每次聽到時，都會很厭煩的應付一句：「知道了！」但後來想想其實這不是女孩子才要的，這是一種禮貌，家教的好壞，儘管認為很麻煩，為什麼不能張大口的大吃特吃，但如果這樣出去會丟了父母的臉，所以

就乖乖遵守。而且，細嚼慢嚥也有助於身體健康，將食物咬碎一點，這樣胃就不用那麼辛苦的磨碎食物。往健康與禮貌的方面想，這何嘗不是件好事呢？（莊韻儒）

❖ 國一的時候，班上的男生會隔著制服拉女生內衣的肩帶，再「啪！」的彈回去，然後還會發表感想：「太粗了，不好拉。」那個男生還會解女生內衣的釦子。我是沒這樣被對待過，不過我非常不能接受這種事，曾經透過連絡本告訴老師，老師有對班上男生做出口頭警告。隨著年齡增長也沒再發生這種事。當時被欺負的女生們其實也沒因此感到生氣或受侵犯，讓我有點訝異，連自己都不尊重自己，男生當然也不會尊重妳。說黃色笑話其實男生女生都會說，我自己也滿喜歡的，但是幾個人自己開開玩笑就好，不能造成別人的不適，肢體上的不尊重不論何時何地都不應該發生。（黃安汝）

❖ 隨著時代的變遷，現在的年代和以往的傳統觀念已經截然不同，過去對男女性別角色的看法即是：「男主外、女主內」、「男兒有淚不輕彈。」「男生就要陽剛、有擔當，女生就要陰柔、有氣質。」但現在社會已破除了這個限制，也有法律保障。但即使如此，現在仍有許多家庭仍有著性別刻板，記得小時候我向家人提起想學跆拳道的想法，但媽媽卻說：「女孩子不學鋼琴、不學畫畫，學什麼跆拳道？」女生為何不可以學自己的興趣？只因為女孩子被認定就該有文藝氣質？我們雖然很難去

破除這樣的性別刻板迷思，但是我們應該要有包容與傳統觀念有所不同的觀念。（吳宜庭）

❖ 陰雨綿綿的臺北街道，家家戶戶貼著一對對恭賀新年的門聯，鞭炮聲此起彼落。除夕夜當晚，一家人圍坐在一張大圓桌旁，小強吃飯吃快了，不小心噎著，大咳幾聲後，弄翻了自己喜歡的蘋果西打，豆大的淚滴兒如斷了線的珍珠項鍊，馬上潸潸若下。坐在一旁的堂表姊妹們，都嘻嘻哈哈的翹著二郎腿，邊吃邊聊天，看見小強哭了紛紛停下話題，替小強擦淚，安慰著。奶奶看見這般景況忍無可忍，放下筷子，唸到：「小強你是不是男孩子，哭什麼哭，還有你們這群婆娘子，安靜是會要你們的命嗎？好端端的飯局，都因你們這沒成體統的給破壞了。」個性剛烈的二表姊索性放下筷子，飯也不吃完，拿了雨衣和安全帽，便從大門走出去。（李佳美）

寫作訓練四　理性的辨析──論辨文寫作

　　在傳統的觀念裡，常常鼓勵男人要成為頂天立地的大丈夫，鼓勵女人要成為柔順乖巧的小女人。但是現今家庭結構、工作型態及社會狀況都與傳統社會不同，男人陽剛、女人溫柔早已不是那麼的截然分明。人類的性別就只能分出男和女嗎？

　　有些女人依舊維持傳統的溫柔婉約形象，有些女人則已經成為豪放威武的「男人婆」；而男人的陽剛魁梧固然令人稱羨，現代社會中思想細膩、相貌柔弱的男性亦不在少數。

　　在你的想法裡，男人和女人的形象究竟是什麼？請以「我心目中的男人和女人」為題，描述你心中理想的男人及女人的形象，並仔細思辨男性與女性之間的差異究竟該涇渭分明，還是該撲朔迷離？文長不限。

寫作說明

　　論辨文寫作最大的特色在於對題目或引導文字所提出的兩種或多種概念，提出意義的解讀，最後必須從兩種或多種概念中選擇輕重，確定立場，才足以達到最強的說服效果。為使同學可以更深刻瞭解男生、女生在本質上的差異，茲提供以下文獻觀點以供寫作參考：

1. 男女特質的差異並不如大家想像中的那麼大，即使兩性在某些特質的表現上有些許的不同，社會文化的影響才是造成差異的主要因素。

2. 一般都認為男性比女性的攻擊性較強，然而進一步觀察發現，女性也具備攻擊性這樣特質，只是她們表現的方式不一樣，如使用「拒絕」、「不理睬」等方式來表達她們的敵意。

3. 就智力來說，男生的數理能力較強，而女生的語文能力優於男生，這也是一種誤解。事實上也有數理能力強的女生，而男生中也有數理成績很差的。在智力表現上，「個別差異」遠比「性別差異」大得多。

4. 不要因為一個人的性別，就認為他（她）會有什麼樣的特質。認識異性特質的正確方式應該多互動、多觀察，而不要單靠你自己的刻板印象來假設別人的表現。

5. 在兩性性別的區分理論上，女性偏向人際取向，自小就被訓練成敏感、溫柔、注重人際關係；男性則趨於工作取向，被期望能勇敢、堅強、能力受到肯定。雖然這兩種分法很刻板化，也不完全符合現今社會的需求，但仍具有相當的參考價值。

❖ 滄海桑田，時光飛逝，轉眼間已經來到二十一世紀了，城市一座座興起，高聳的大廈林立，色彩眩目的招牌和吵雜的人車在街道上來往，彷彿過去歷歷在目的鄉村已成過去式般，被這些聲色給淹沒，被人們遺忘。

　　在傳統的觀念裡，總是希望男人可以有所擔當，有

寫作單元三

足夠的能力來保護自己的家庭，早出晚歸的在外工作賺取生活費，而在學科方面，長輩總是把物裡、數學等與男人聯想在一起，在未來的職業方面，醫生、律師、政治家和工程師式男人的選擇與奮力達成的目標。

在我心目中的男人，不一定夠剛強，不一定是個粗枝大葉的野蠻人，而是一個懂得思考，思考自己有興趣的事物是哪些，一個是有信心，細心體諒他人的好男人，我也朝向我心目中的男人模式邁進，我期待我的思想細膩可以顧慮到朋友的心情，我的體貼可以感動到我以後的女朋友，就算我心目中的男人不夠剛強，但只要遵守所許下的承諾，做個有責任的男人，那我心目中的男人不就也很吸引人？

再來是我心目中的女人，雖然我不否認我是外貌協會的一員，但是我也很注重一個女人的內涵，我喜歡活潑開朗，有自己想法的女人，溫柔、有氣質一直是對女人的刻板印象，而我心目中的女人只要有禮貌就好。在現代，自立自強的女人不再是少數，工作已不再是男人的專利，家事也不是女人需要一人擔當的，身為男人也要懂得分擔家事。

男性與女性的差異在於先天上的不同，並沒有在後天的差異，男女平等是現代普遍的看法，在法律上亦是如此，男女必須懂得互相尊重，男尊女卑已成過去式。我認為男女並沒有一定的刻板印象，只要活著並以自己所喜歡的方式生活，就是一種最大的成功，沒有人有資格批評或是嘲笑你。（林圓倫）

評語 論述立場清晰，論點亦能推陳出新。雖然筆調平實，甫能從字裡行間看見你寫作的誠心。

❖ 走進時光隧道，回顧過去，古代的壁畫、古典文學作品、戲劇、雕像中，隱約的透露與塑造了世俗認為男人與女人應有的形象，女性是柔而男性是剛，這些觀念透進了時間的流裡，開始了漫長的旅行。走向現代，放眼未來，在時間的滾動與洗禮下，觀念也開始轉變。現代的歌曲、電視劇、電影等越來越貼近生活，其中女性的形象參入了剛強，而男性也加入了陰柔。其實，站在個體的差異外，回歸本質，不管是男是女，都帶有陰與陽的氣質。

自古以來，女性多代表著陰柔的形象。傳統的女性，要溫柔、要賢慧、要端莊、要順從。像是在家伺候公公婆婆與先生，要會做一手好菜，要心思細膩，手巧等性別刻板印象中會出現的。但在現今社會與觀念的改變與開放下，女性的角色不再侷限於傳統觀念裡「女主內」柔順乖巧在家的小女人。在事業、學業等成就上，女性也有卓越的表現，擁有強勢領導能力的女總統，勇敢熱心的消防隊員，冷靜判斷能力的女警察，都是有別於過去形象的女性代表。也可以是溫柔有耐性的老師，偉大母愛的媽媽，女性可以是剛強的也可以是陰柔的，每個人擁有不同的氣質與個性。

男性在傳統觀念中多呈現剛強的形象，像是中古時

寫作單元三

期歐洲的騎士文化，男性的勇敢、作戰能力、誓死效忠的精神在其中表露無遺。同時，作為一個家庭的支柱，家中經濟的來源，肩負著家族的責任等。但現今生活中，在家照顧小孩的好爸爸，服務熱心、充滿微笑的護士，男性也有著溫柔又細心的形象。法國街頭流行的中性風，男性化上妝，穿著中性的衣服與打扮，剛強與陰柔少了界線，逐漸在模糊地帶融合。男性也可以表現出陰柔與剛強的形象，和女性一樣的，除了個體的差異，不管哪一種性別都可以選擇自己想要呈現的形象。

在現今開放的社會中，電視、電影、廣告等傳播媒體中，男性與女性的形象不再像以往一樣專一了。男性與女性都可以擁有剛強或陰柔的形象，依據每個人的喜好與個性，散發出不同的氣質，這樣充滿各式各樣的社會，才是多采多姿的！（莊韻儒）

評語 溫婉含蓄的筆調中，可以感受到你內心穩定的堅持。你可展現更多的自信，則文章可以更有說服力。

❖我家是母系社會。我的媽媽熱愛自己的工作，付出許多努力得到上司和客戶的肯定，也賺得優渥的薪水。她是個聰明又獨立的女人，擁有自己的房子、車子，負擔著大部分的家用。我的媽媽一點也不賢慧。她從不燙衣服，心血來潮才整理房子，炒起菜來普普通通，卻要強迫全家人說好吃。我的爸爸是個脾氣內斂、個性溫和的

人。他體諒媽媽工作辛苦，從不苛責她不怎麼做家事。別人家都是媽媽喜歡撈叨，而爸爸偶爾生氣一次就令小孩怕得要死，我家卻是剛好相反。我爸總是婆婆媽媽，叫我們快點去洗澡，叫我們記得吃水果，叫我們不要吃太多容易胖，叫我們看書要開大燈，叫我們不要一下看太久。只是我和弟弟很少甩他。而每次在學校做了壞事，或分數考壞了，「被媽媽罵」就是我最大的壓力，最大的恐懼。

寫作單元二

大概是因為在這樣的家庭長大，女人在我心目中是比男人更強大的。

要說男女之間沒有差別是不可能的。身體不同，肌肉的強度不同，加上女人與生俱來的，準備當母親的柔韌，不論如何，即使再怎麼游走在界線邊緣，男女總是不同。

但不同無關乎強弱。女人和男人是平等的，女人在身體構造是吃了點虧，但女人因此更學會如何忍耐痛楚，堅強心智迎接未來的挑戰，女人甚至更有資格和男人在各領域競爭。女人更有勇氣，更有耐心也更負責任，我們一點也不差男人，所以更該爭取應得的權利財富，即使女人會因為溫柔的天性而選擇回歸家庭，並不代表女人能力較差或沒有野心，只是比起自己，她們更願意犧牲自己來照顧丈夫和孩子。

男人完全沒有立場貶抑或歧視女性，人類應該學會互相尊重，也尊重自己。女人也絕不能輕賤了自己，總幻想著小鳥依人，相夫教子，賢妻良母，女人要勇於追

求，肯定自己。

　　這個世界不論少了男人或女人都玩不下去，現在甚至出現超越兩性的第三性。性別其實不是一件那麼絕對的事，性別並不代表什麼，大家都站在同一條起跑線，公平的競爭。（黃安汝）

評語　能以自身事例起筆，頗具說服力。唯論述中較為強調女性的地位與價值，或要男性尊重、體貼女性等論調，沒有提及女性該有的責任與承擔，使論述稍微偏頗，不夠持平。不過，無論如何，你的論述很清晰，遣詞造句也流暢，這是你的優點。

❖恬靜悠閒的星期六下午，我打開電視機隨意瀏覽。轉到了正在播放連續劇的頻道，劇中的母親正在教導她的兒子和女兒。她對兒子說：「男兒有淚不輕彈。」她對女兒說：「妳要溫柔婉約、有端莊的坐姿。」這段母親的教誨，不禁令我想起前些日子才完成的性別平等教育專題。

　　在專題中，我和小組成員們分析與討論傳統的性別刻板印象和如今我們自己內心想變成的男人和女人。就男生而言，傳統思維要男生勇敢、有擔當、去保護他人、理工科較強……等。然而，並非每一位男生都是如此，而我心目中的男生就並非如此。我覺得男生過於勇敢、過於好強可能會鋒芒畢露，男生應該要內斂一點、婉約一些。而男生也不一定就數理強，每個人的性向都

不同，所以當然也有語文、社會科強的。

就女生而言，傳統觀念為要婉約、溫柔、順從、聽話、乖巧、被保護……等。簡而言之即為三從四德：在家從父、出嫁從夫，夫死從子以及婦德、婦容、婦言、婦功。就如今的觀點來說，有人會覺得可笑，也有人認為女人就該如此。女性的自由開放是較為緩慢和保守的。對我來說，我會希望女生自主一點，不要太過於順從。做自己想要的樣子才是最重要的。

我覺得每個人都應該有選擇自己想當哪一種性別的權利。的確，男、女是天生的，是染色體不同所致，這無法選擇，但其實男女生的最大差別是社會所賦予的、是社會期待所填鴨出的。人類應該跳脫出這個牢籠，讓人們就內心的想法呈現出真實的自己。（黃鼎鈞）

（評語）論述客觀、深刻，首段的敘例尤有畫龍點睛之效。

❖ 會議室裡的氣氛降至冰點，兩個來自不同的企業總裁，因意見不合正劍拔弩張，甚至揚言要決鬥。一般來說看到這種場面，給人的第一想法不外乎是兩個中年老伯，為了自己的利益導致關係緊張，但其中一位是個三十出頭的女人，不輸給傑出的男子漢大丈夫，她也是一個強悍的女子漢大丈夫，男人和女人不應該用性別刻板印象來加以侷限。

老人家常說，男兒有淚不輕彈，其實也不盡然是這

樣，想想若是全天下的女人都玩起一哭、二鬧、三上吊的這種把戲，天下豈有不亂者乎？再說起哭，他的本質是一種提供人類抒發情緒的最佳出口，受盡煎熬大哭一場，遇到不合己意的事時也發洩一下，當負面的情緒一次隨著淚珠排出體外，心情也跟著豁然開朗，甚至能化悲憤為力量，一鼓作氣的火拼一場。然而性別刻板印象卻限制了男子哭泣的權利，進一步促使它們藉酒消愁，愁更愁，這也是為什麼自殺的人數中男性比例居多的原因之一。

日本的一部漫畫，甚至被翻拍成連續劇，它的名子叫做粉紅系男孩。這個故事從頭到尾都顛覆性別上的刻板印象，從男主角的父母看來，母親是個嚴屬的職業婦女，父親則因個性軟弱且喜歡製作手工藝等女孩子喜歡的東西，受不了太太的眼光（也就是性別歧視）而離家出走。這個母親害怕兒子也成為像他父親一樣而趕盡殺絕，禁止男主角做任何有關烹飪、縫紉、打毛線等女性的娛樂，更強迫男主角去學劍道。但事實上早就為時已晚，男主角對這些已經產生莫大興趣。劇中的女主角是手藝之差，料理之恐怖的女孩。可是劍道之強，在男女主角的互動之中，令女主角萌發了一股想保護他的心態，這樣的觀點值得嘉許。

我認為男女之間，在體力上多少是會有差別的，但在本質上，卻不應該有任何分別。硬要說起不同之處，也應將重點放在個別差異上，每個人天生的性質就不一樣，所以男人女人不該是涇渭分明，因為根本就不能比

較。進一步衍生到夫妻之間，人說情人眼裡出西施，不論你是個什麼樣的人，只要遇上對的人，對的事，誰管你是男人婆還是娘娘腔，兩個人幸福快樂就好，別人的眼光根本就影響不了什麼。

　　綜合以上總總，說真的，性別和性別該有的形象已經不是那麼重要了。（李佳美）

（評語）舉例豐富且貼切，男女之間的區別和差異不言而喻。

寫作單元四

尋找人生相互見證的人生伯樂

——生命故事的閱讀與書寫

單元設計緣起：

一　作文教學一直是我的教學重心之一，我喜歡不斷地開發
　　主題，不斷地開嘗試新的教學方法。基於學科中心種子
　　教師培訓所習得的理念與實務，「生命故事的閱讀與書
　　寫」遂成為我亟欲推展的作文教學主題之一。

二　每個學生都會說故事，但是說得生不生動、感不感人，
　　又是另一回事。學生的生命經驗仍然淺短，在他們十幾
　　歲的生命中，其經歷的挫折或瓶頸，不外乎國中基測、
　　親子衝突、同儕互動、青澀的感情糾葛等等，常常在批
　　改作文時見他們述說自己的經驗，卻見不到筆端透露出
　　任何深刻的情感，更不用說營造感人的氣氛了。這讓我
　　常常思考，如何引導學生運用最簡單的技巧，說出最動
　　人的故事。

三　在教學生涯中，深刻體悟只有述說自己的故事時最能感
　　動學生，也最能引發學生的共鳴與效法，所以我決定說
　　出自己八年來的人生際遇和生命轉折，以身教感動學生
　　的心靈，發掘他們幼小純摯生命中的悸動。

四　高中核心古文──〈燭之武退秦師〉是一篇精彩絕倫的
　　勸服文章，我們看見了燭之武的睿智，也感受到晉文公
　　的理性，連鄭文公的柔軟身段、佚之狐的冷靜分析都躍
　　然紙上。但是，秦穆公呢？本文見不到對於穆公的性格
　　描述，而穆公在位三十九年，其一生的功業與傳奇反而
　　引發我的關注。

五　因兼課大學的《史記》課程，深入閱覽有關秦穆公的生
　　平史料，肯定他執著堅定想成為春秋霸主的用心，也感
　　動他晚年幡然悔悟的勇氣。從他的生命際遇與性格特
　　質，我見到與自己人生際遇相類似的脈絡，在相互見證
　　中，我看清了自己多年的積極奮進的執著，也體悟了面
　　對人生挫折，原有的執著應該轉念或鬆手，才能撥開執
　　迷不悟的遮障，看見寬廣開闊的世界。

寫作訓練一　文本閱讀分析與討論

入主中原？還是稱霸西戎？──在生命的轉折處，覺醒

　　西元前六五九年，距今約兩千六百多年，黃河的河套平原上崛起一個西方小國。那時西周滅絕，犬戎西走，自祖先秦嬴接受了周平王的封地，在這西陲荒原耕耘了百年，逐步建立了國家的規模。秦穆公，此時踏進了春秋中葉的歷史，馳騁在黃土高原的飛揚塵土中，正躊躇滿志。

　　＊　　　　＊　　　　＊　　　　＊　　　　＊

　　距離開學還有兩週，我在深夜裡翻閱著《史記》的故事。不愛群雄爭逐、部落紛擾的黃帝時代，也不青睞楚漢相爭、武帝稱雄的歷史，獨獨喜歡春秋戰國那綱紀崩頹、諸侯力政的時局，而更令我好奇的是，地處西方邊陲的秦國，為何可以在數百年後成為併吞六國、一統天下的強權？在兼課的大學開了一門「史記選讀」，我決定敘說秦穆公的故事，為秦帝國的興衰史揭開課程的序幕。

　　穆公英年登基，他親率軍隊征討西北的戎族，作為他開疆拓土的第一步。其後延攬百里奚、蹇叔、公孫支、丕豹等良才為秦國奔走效力，並試圖與晉國聯姻，開啟他東進中原的一扇窗。當時，齊桓新逝，晉國內訌，中原諸侯各懷異心，而南方楚國亦虎視眈眈地伺機北進，穆公原本有機會入主中原，成為一方霸主而號令

諸侯。然而，形勢終究強過他個人的願望，晉國雖有驪
姬亂政，晉獻公的子嗣或枉死，或潛逃，卻仍保有泱泱
大國的實力，秦穆公的東進之路隱然被晉國阻隔在外，
他只好藉由「秦晉之好」來謀取東進的一絲希望。

　　在驪姬亂政之初，世子申生自縊而亡，奚齊被大夫
所殺，重耳、夷吾避禍在外，當時晉國群龍無首，穆公
深知扶助重耳可以重振晉國威勢，卻反其道地扶植夷吾
即位。果然，夷吾先是背贈地之信，後又忘賑災之恩，
穆公雖欲假借嚴懲晉國而取得東進利益，終究在周天子
與夫人穆姬的勸阻之下罷手。其後為質秦國的世子圉又
叛逃回晉即位，他誅殺舊臣，與秦為敵，穆公這才從楚
國找回在外流亡十九年的重耳，助其回國登基，是為晉
文公。兩年之內，文公助周天子鞏固王權，並遏止楚國
北進，儼然繼齊桓公之後成為中原的霸主。

　　穆公抑鬱悼然，他眼睜睜地看著文公稱霸，而秦國
除了取得黃河東岸的零星土地之外，東進之路毫無進
展。一個看似唾手可得的霸主之位，為何一次又一次地
從手邊溜走？他心有不甘，卻毫無對策。群臣如百里
奚、蹇叔之輩，勸其暫緩東進，改而經營西戎，卻遭到
穆公的斥責。他鬼迷了心竅，當文公提出共同出兵圍鄭
的邀約，竟又見獵心喜，不顧群臣勸諫，執意參與圍鄭
之役，隨後又因鄭國大夫燭之武的勸說而退兵，如此的
反覆引起晉國的不滿，也埋下「秦晉之好」終將分裂的
禍端。

　　課堂上，我說著秦穆公的故事，莫名的悸動卻從心

靈深處漸漸湧上。穆公的抑鬱悼然，竟也在我心中隱隱作痛。

博士畢業那年，我躊躇滿志。以為轉任大學教職是遲早的事，所以，我開始周旋在高中與大學之間，開始與大學老師密切接觸，參與學術論文發表，參加大學系友會，兼任大學國文課程，甚至連教授女兒的婚禮都可以看到我的身影。我以為，當時的長袖善舞，可以為我取得大學任教的門票。然而，事與願違，大學職場的變化一步一步粉碎著我的美夢，再加上論文指導教授直來直往的爭議作風，無心得罪了國文系上的教授，也讓我被貼上「陳氏門徒」的標籤。

猶記師大那一場最後階段的公開面試，那教評委員鄙夷不屑的眼神令我不安，我的論文明明是可以貫通哲學與文學的辭章風格理論，為何露出不以為然的嘴臉，卻說不出任何破綻？原來，他們不是否定我的學術專業，卻因為我是陳某某的學生而築起一道防堵的高牆，於是一次又一次的投出履歷，卻一次又一次的在最後關頭被擋了下來，我的志氣也逐漸消磨殆盡。……

夜闌人靜，太太與我徹夜長談，細數著投過多少間大學，懷抱過多少教授的虛偽笑容，虛度過多少無謂的光陰，辜負過多少高中學子殷切的企盼。在朦朧的意識與含糊的淚水中，我依然執迷不悟地認為，我應該在大學一展長才！但是，在面對大學職場的人事凍結，我還剩下多少機會？先去兼兼課吧！從臺北市到新北市，再從新北市到桃園縣，總算在中壢的一所私立大學找到每

週四堂的兼課，因緣際會中，我接觸了有點陌生的《史記》，備課之間，發現秦穆公的執著性格正引領著他走向一個必然發生的悲劇，而晚年的幡然悔悟也帶給他另一個生命的轉折。

　　秦國從鄭國退兵後的第三年，晉文公過世了，而穆公所留守協防鄭國的將軍回報，鄭國派他們防守北門，如果秦國派兵偷襲，將可輕易襲取鄭國。這是一個千載難逢的機會啊！至少秦穆公是這樣想的。他不顧朝廷群臣的反對，提點了三位年輕的將領，整飭五千名精銳的士卒，準備偷襲鄭國。軍隊出征之際，百里奚赤膊自縛，蹇叔更哭著訣別自己的年輕兒子，卻終究喚不回秦穆公窮兵黷武的意志。於是，軍隊浩浩蕩蕩地上路了，輕率浮華的年輕將領經過了周天子的領地，經過了晉國的邊疆，五千精兵在黃河東岸揚起漫天的塵土，這還算是偷襲嗎？

　　果然，鄭國早有防備，這趟遠征也徒勞無功，他們不知已經激怒了晉國，正如蹇叔的預測，在崤山遭遇晉國的襲擊，五千精兵全軍覆沒！消息傳回秦國，穆公震驚，在悲痛之餘仍一味想著如何復仇。往後的歲月，「秦晉之好」早已瓦解，穆公傾全國之力報復晉國，他伐木造艦，整軍經武，更親率秦軍痛擊晉國的防線。當晉軍退守，他重回崤山弔祭當年殉職的士卒，看著暴屍荒野的枯骨，面對無語的蒼天，他眼角的淚水終於潰堤，而斑白的鬢髮之間，似乎有了新的覺悟。

　　西元前六二六年，穆公即位的第三十四年，西方戎

國的綿諸部落來了一位名為由余的使者，穆公驚嘆他的才學，遂有意延攬為己用。後來綿諸國王因秦國的挑撥而耽溺酒色，不事朝政，由余遂失望而投效秦國。西元前六二三年，穆公得由余之助，出兵滅了綿諸部落，並趁勢降服西戎二十餘國，闢地千里，成為西方霸主。

秦穆公，一個東進稱霸不成，卻轉向統一西戎的諸侯，他究竟是含恨而終？還是臨老覺悟？第一個讓秦國成為春秋強權的君王，有多少遺憾？有多少執迷？又有多少對「時不我予」的感慨？當晉文公成為中原的新霸主，在他內心深處到底有多少悔不當初、或身不由己的無奈？在他僅剩的幾年君王生涯中，決定西進，到底是東進稱霸無望的覺悟？還是自我生命格局的體認？

我反覆思索著這位春秋霸主的內心世界，也想著自己八年來的掙扎奮進……，想對自己說——八年多了，您辛苦了！泛紅的眼眶滴下了淚水，是遺憾，是不捨，也是覺悟。

從躊躇滿志到心灰意冷，從堅定自信到傷心自卑，我曾經像迷了路的螞蟻四處奔忙，沒了頭緒，亂了陣腳；我曾經在溫柔和煦的高中校園茫然落魄，在冷漠勢利的大學堂室進退失據。一切，只為了個人的功名！是利欲薰心挑起了激進狂奔的步伐，是鬼迷心竅蒙蔽了用心學術、投身教育的初衷。清風依舊和煦，白雲依舊悠哉，陽光依舊燦爛，為何我的心在汲汲營營之間變得憂鬱、晦暗而醜陋呢？停下來吧！我真的想對自己說——八年多了，您辛苦了！停下奮進的腳步吧！

＊　　＊　　＊　　＊　　＊

　　西元二〇一三年，距離穆公稱霸已過了兩千六百三十六個春秋。在這彷彿沒有冷氣團的暖冬，一個忙裡偷閒的假日，陽光從窗外灑進來，灑滿了整片冰冷的地磚。網路上公告著學科中心甄選種子教師的訊息。那是個聚集全國菁英的培訓活動，參加？或者不參加？遲疑中，我試圖清理多年來的鬱結，倒掉晦暗、自卑、不可一世的複雜情緒，終究還是遞出了報名表。從這兒出發吧！從這兒找回作育英才的初衷，找回對文學純真無瑕的執著，找回自己想投身學術、奉獻教育的熱情。

　　我，不用逐鹿中原，我應該馳騁在西方更開闊、更寬廣的草原……。

寫作說明

　　這篇文章以古今交錯的方式，一方面述說春秋霸主秦穆公的生平功業，另一方面又穿插敘寫一位博士教師的人生瓶頸。透過兩條故事軸線的交錯，逐漸呈現秦穆公與博士教師在生命際遇上的交疊。此題以分組討論的方式進行，每一組學生除了要找出本文的主題思想之外，另須梳理寫作技巧，以做為長篇仿寫的基礎。

一　讀完這個故事，你可以找到「秦穆公」與故事中的「我」有什麼相似的遭遇與特質嗎？

第一組	入主中原　　　　　　　　　　　　　　稱霸西戎 　　　　不成功　→　覺悟　→ 大學任職　　　　　　　　　　　　　　國文名師 　[目標]　　　　　　　　[轉折]　　　　[重新出發]
第二組	穆公和作者都執著於追尋個人的功名，卻忘了身邊有一個更適合自己發展的領域。
第三組	原本執著，後來發現退一步海闊天空，天涯何處無芳草。
第四組	早年：1.汲汲營營爭取功名。2.皆遭遇難以跨越的高牆。3.不改其心，一試再試。 晚年：1.覺悟。2.找到生命中另一個發展的方向。
第五組	1.皆始於追求功名而不得志。2.皆剛毅固執。3.皆曾迷惘，而後海闊天空。
第六組	秦穆公：東進不成→稱霸西戎。「我」：大學任職不成→轉而經營高中。 （早期堅持，晚期領悟）
第七組	年輕氣盛，追求功名。早年執迷不悟，晚年覺醒領悟。

二　這個故事交錯著秦穆公的生命轉折與一位現代博士的崎嶇遭遇，秦穆公給了這位博士什麼啟發？

第一組	上帝為你關了一扇門，便會為你開啟一扇窗
第二組	穆公和作者都執著於追尋個人的功名，卻忘了身邊有一個更適合自己發展的領域。
第三組	不要一味堅持己見，條條道路通羅馬，要懂得調整、改變。

第四組	將早年的堅持與執著帶往令一片天空飛翔。
第五組	明天會更好
第六組	不用無謂的堅持。1.山不轉路轉，路不轉人轉。2.上帝關了一扇門，會開啟另一扇窗。
第七組	山不轉，路轉；路不轉，人轉；人不轉，心轉。

三 檢視這篇文章的謀篇布局，你有沒有發現什麼特別的技巧呢？

第一組	1.作者內心獨白。2.意識的流動。3.時空的交錯。
第二組	意念飛躍、排比、今昔對照
第三組	今昔交錯、意識流、氛圍營造
第四組	對比法、時空交錯、相互呼應、意識流。
第五組	時空交錯、氛圍營造
第六組	意識流（時空交錯）
第七組	意識流：透過第一人稱的方法，利用時空交錯的手法，以拿歷史事件跟現代作比較，使文章充滿歷史感與現代感。

學生專心聆聽老師唸讀文章

故事越來越精彩，學生越聽越專注

看著螢幕上的字，越聽越入神

讀完文章，老師丟出第一道思考題

寫作訓練二 自由冥想與書寫

◎尋找相互見證的人生伯樂

一　請細細回想你的生命歷程，是否曾經在某個時刻，有著那麼一個人，可以好懂你、真正瞭解你，看見你……。

　　邀請你重新體驗與這些貴人相遇的珍貴時刻，然後回到當下，一起看你現在很想被懂的生命時刻。

二　回想與人生中的伯樂相遇的經驗，那是個什麼樣的觸動故事？他／她對你的生活有哪些付出與貢獻，讓你感激在心頭？

三　當我也出現在他／她的生命中，彼此心靈相遇，我對他／她的生活造成什麼影響？可能對他／她的生命有哪些貢獻？

四　你與他／她彼此的互動，是否凸顯了什麼重要的價值？或強化了哪些生活觀？

　　這樣的互動，會讓你相信或印證生命中最重要的是什麼？

寫作單元四

寫作說明

　　這些提示主要在引導學生尋找一位與自己生命情調相類似的人物，無論古今，不限中外，在尋得這一人物之後試著與他（她）對話，從他（或她）生命際遇中試著搜尋與自己

類似的遭遇。那是一種心靈的互動，一種虛幻的交流，卻希望能真實觸動學生內心深處的某些挫折，藉由那尋得人生伯樂，逐漸引導自己走出生命的陰霾。本訓練主要透過學生冥想與自由書寫等方式，沒有固定的文字呈現或文章形式。所有書寫的素材將作為長篇引導寫作的張本。

針對思考跳躍，學生辯論起來了

延伸教學：尋找相互見證的人生伯樂

老師搭建鷹架，引導學生找出人生伯樂

有人已迫不及待想寫下自己的生命故事

寫作訓練三 引導寫作

> 　　人的生命是多采多姿的。有時成功跨越了人生的關卡，為自己立下輝煌的紀錄；有時在人生轉折處遭遇了挫敗，退守在晦暗陰鬱的角落。有時悲傷，有時愉悅，有時憤怒，有時徬徨。你是否也曾經體驗過人生的喜、怒、哀、樂、悲、歡、離、合呢？在亙古的時空中，在偌大的世界裡，同樣有許多英雄豪傑、名人聞士，又或者只是熟識的市井小民，他們曾經寫下許多精彩的生命故事。這些故事是否曾經挑動你心靈深處的共鳴？請自訂題目，並融合古今名人或身邊親朋的生命際遇，寫下自己的生命故事。（文長約 600-1200 字）

寫作單元四

寫作說明

　　透過文本閱讀、討論分析及自由冥想與書寫的訓練，學生至少可以找到一個與自己相互印證的人生伯樂。在謀篇布局方面，只要學生能掌握「意識流」或「蒙太奇」的表現手法，基本上就能呈現古今交錯或伯樂與自己交疊的模式，在交互印證中，學生自己的故事應能更加感人。

❖ 遇見人生的伯樂，賴東進先生

　　　　相傳古時候被人們稱作伯樂的孫楊在山中與尋覓已久的千里馬對到眼時，居然如內心相通似的使千里馬突

　　然昂起頭來，對天長嘶。在國中那年，我就像是千里馬一樣的和我的伯樂對到了眼，如內心相通般的，他激起了我繼續奮鬥的意志與知福惜福的心態。他是我的伯樂，他是賴東進先生。

　　進入了國三的寒假，面對升學的壓力，一點一滴的侵蝕所有臺灣國三生的身體與心靈，當然我也不例外。許多學生在這時候開始衝刺、每天留夜自習到深夜，卻有些學生開始自暴自棄、輕忽自己的能力。在經過許多次不如意的考試後，我漸漸的成為了後者，總覺得讀書考試已成為一種微不足道的事情。考不好又如何？仍然一次又一次的過來了。考不上高中會不會不太好？考不上高中的機率幾乎是零吧！抱持著這種不上進的消極心態，討人厭的自以為能夠僥倖，我荒廢了課業，開始不自覺的喜歡上了看小說。在一次因緣際會之下，我與乞丐囝仔賴東進先生初次碰面了。

　　「世界上沒有僥倖，只有靠自己的努力才能獲得生命的一切；每一分的打拼都像是一塊堅實的磚塊，一點一滴在為我們的人生奠基，人生如此，工作亦復如此。」身為長子的賴東進先生出生於極為貧窮的家庭中，母親與大弟重度智障，父親全盲，家中仍有十多個弟妹需要撫養。十歲前的賴東進先生便開始乞討，以維持全家生計，在豬舍、墳墓睡覺已是習以為常的事情。家裡沒錢，無法供他念書，於是比他大的姊姊便在十三歲時跳入火坑去賣身，以掙錢供他念書。懷抱著感恩之心的賴東進先生進學校後奮發努力，成績一向拿第一，

甚至在體育田徑上也樣樣不輸人，優秀的他並沒有辜負姊姊的一番苦心。

曾經一度認為，父母親的存在給我十足的壓力，身為軍官的爸爸總是認為他的孩子應該要是最好的、最優秀的，然而我從沒達到他的期望。以前他整天在嘮叨，教訓我不唸書時，我總會懷恨在心，自命可憐的覺得有這樣的爸爸很倒楣。我討厭我的爸爸，我對他充滿了許多的怨恨與不滿，甚至是要翹家出走。只要稍微不檢點的行為，便會招來一頓毒打，這樣的家讓我覺得不想待，便整天自暴自棄。我任性地性格似乎遺傳到了爸爸，他希望我走東時，我一定走西。「叛逆、不孝、沒救」成為了我的代名詞，我卻也不在乎，仍把它當作是一種報復。然而在我充滿恨意時，賴東進先生充滿了感恩之心，繼續朝他的人生走下去。

從小到大，賴東進先生拿到的獎狀少數也有幾百張。獎狀，是他繼續奮鬥下去的動力，也是他對姊姊唯一的報答，但他的一張獎狀卻比不上一頓飯，他的榮譽卻比不上為全家找一個遮風避雨的地方。他忍著所有被鄙視、唾棄的屈辱，在下雨天中為家人討飯。為一口白米而感到開心，餓了卻也記得自己的家人也餓了，把那一口白飯細心呵護到家人吃下去為止。儘管他如此卑微又無助，他仍然始終的告訴自己：「一個人要求別人，還不如要求自己；當一個人讓人瞧不起的時候，就更要發憤圖強。」

眼淚與鼻涕是互相混合的一起落下，賴東進先生的

苦命更襯托了我的好命。有多少人為了能受教育，百般辛苦的掙學費？有多少人為了飽足一餐餵足家人，費盡了心思？而爸爸頭上的頭髮又是在什麼時候變白的呢？不愁吃穿，每天能安心的上學、開心的吃飯，卻仍在怨天尤人的我又何嘗比那些人偉大呢？我擁有最好的資源，卻沒懂得珍惜，跟賴東進先生比起來，我贏在起跑點，卻輸掉了全部。天下沒有白吃的午餐，雖然付出多少不一定會得到多少，但如果不腳踏實地的努力，那麼所得到的也會很快的再失去，因為輕易得到的東西不會讓人珍惜。他教我的不是金錢可以換來的，他告訴我的不是每個人都能體會的。如果我是千里馬，他就是我的伯樂，在我墜落之際伸出了援手將我一把拉起。我的伯樂，是他，是乞丐囝仔，是賴東進先生。（李念茵）

❖ 我的生命故事──永不放棄的麵包魂

說到我的生命故事，我並不是電視上時常報導的天才型，只是個普通平凡的高中生，而我在高一的暑假，遇見了我的伯樂──世界麵包冠軍吳寶春師傅。住在臺北市的我和住在南部的寶春師傅不曾見過面，而我遇見他則是在他的自傳中。我從他的自傳中看見了自己，看見了那永不放棄的麵包魂。

在與我父親出生時差不多的年代，南部的農村有名受到歧視的小孩，在田間和同學玩耍是他最快樂的時候，也因此讓其他同學的父母認定他是名壞小孩，不愛念書的標籤就這樣硬生生地跟著他上國中。因為成績不

好，讓他進入了後段放牛班，與他玩耍的同學也越來越少，漸漸地，他開始對自己的人生感到徬徨，不明白為什麼不愛念書會跟壞小孩畫上等號。

說到我的童年生活，我一直很排斥坐在書桌前乖乖地寫功課，彷彿椅子上有刺一般，只要坐超過五分鐘就會開始扭來扭去，超過十分鐘就會開始轉椅子，甚至到最後還會站在椅子上跳。我媽媽對這點十分的不滿意，他是個對我的課業盯得很緊的母親，只要我開始作怪就會大聲斥責我，認為我是個壞小孩。那時的我就對好孩子下了個定義，想要當個人人稱讚的好孩子就要讀好書，在考試奪得高分。再來就是我的字體，在當時，我的字非常的醜，不只大到超出格子，歪七扭八的程度就像地震過後般，只能用「慘不忍睹」四個字來形容。想當然爾，我媽因為這件事而非常的憤怒，氣到當我的面撕掉我的作業本，讓我的身心都受到了重創，於是我的童年就在壞小孩跟笨蛋的斥責中度過。

永不放棄，對，就是這四個字，成就了那個在後段放牛班的農家孩子。在畢業後，就直接轉戰職場，拜了一名麵包師傅為師，開始了他的學徒生活，生活雖然困苦，但是他咬緊牙根地撐了下去，他知道，只要他現在放棄了這個機會，他的成功將會更加渺茫。後來，他發現他從師父那學到的只是皮毛，因為他總是只能做最終整形的工作，最重要的配料比例總是由師傅自己來完成，這樣的話，不管在當幾年的徒弟都沒有出師的一天。他開始學會了觀察，透過觀摩其他師傅的麵包還有

寫作單元四

　　自己的研發，他對食材的了解也越來越多，但是相對地，失敗的次數更是可觀，挫折也讓他吃足了苦頭。

　　我國小時期最自卑的就是自己不會游泳，深不可測的游泳池就像一張冷淡無情的臉，嘲笑我的懦弱，諷刺我不會游泳這件事實。每當上游泳課，我都希望自己可以化身成一條魚，可以在水中自由自在地穿梭，並讓同學投以羨慕的眼光，但是我還是得認清事實，我是隻旱鴨子，手只要離開岸邊就會沉下去。學會游泳撐下去還是放棄？兩個相反的答案就像天使與惡魔般在我耳邊交戰。我選擇了前者，我冒著溺死的危險把手放離岸邊，嘗試適應水的浮力，為了成功學會漂浮，讓我一直被水嗆到，喝進肚子裡的水更讓我生了場大病。最後，在不斷的失敗後，我終於抓到了訣竅，我成功學會了游泳，雖然技術還是不如同學，但這已經讓我感到雀躍不已了。我想這就是永不放棄的精神吧！

　　我很慶幸我能找到這位我生命中的伯樂，他影響了我，改變了我，使我成長。吳寶春師傅以他奮鬥精彩的人生激勵了我，而我也想要給他一個回應，或許默默支持他，貫徹他的精神就是最好的方法，如果有機會的話，我更想要親自品嚐他做出來的麵包，由厚厚汗水和淚水交織而成的美麗結晶，那有著愛跟理想的精神。在文章的最後，我要再次感謝我生命中的貴人，謝謝你們帶給我感動，帶給我的成長。（林圓倫）

❖ **請你聽我說**

　　「因為有愛，正常的溝通彷彿可以不必了。」龍應台在親愛的安得烈中這麼寫著……

　　悶熱的夏夜，電風扇嘎嘎的轉著，風扇轉動的嗡嗡聲替這漫長的夜增添了些許涼意。翻閱著從暑假書單中選出的一本較為有興趣的書籍，抱著無奈的心情，認真的閱讀一字一句，深怕漏了成為我讀書心得主題思想的關鍵句。平時總是跳過作者序的我，這次卻不尋常的從作者序開始看，但我也看到了說出我心聲的知音。

　　龍應台，現任文化部長，在嚴苛的政治環境下，她展現她強硬的一面，表現出女人的韌性、強悍。龍應台，《一九四九》的作者，經歷過政府的更替、社會的動盪、時代的變遷，她展現了她的歷史面，訴說著理性、知性與感慨。龍應台，兩個孩子的母親，溫柔的給予滿滿的關懷、滿滿的愛。她在各個方面都有良好的表現，但在身為母親的角色，敗給了時間的移轉、孩子的成長。

　　雖然我不是母親，卻也敗在時間手中。隨著時間一點一滴的走著，我從天真的小女孩變成略有主見的青少年。這種轉變對我來說是成長必經的過程，經歷許多生命經驗，思維、想法早已失去純粹的單純。因為這樣的轉變，使媽媽和我之間不如以前那樣，不用說就知道對方在想什麼。我倆之間宛如有一道又深又廣的鴻溝，伸長了腿試圖跨越，卻更體認到那遙不可及的距離和自己的無能為力。

寫作單元四

　　龍應台對失去可愛的安安感到失望，未得到成熟理性思考的安得烈感到徬徨無助。渴望與安得烈有所交流，渴望有更多的溝通，渴望有更深的認識。

　　我時常抱著同樣的渴望，希望媽媽可以真正的了解現在的我在想什麼？在乎什麼？討厭什麼？什麼使我感動，什麼使我尷尬，什麼使我焦躁，什麼使我欣喜。曾經有過多少次的機會，能和媽媽好好談談，卻總在快成功之際，被狠狠推下那深溝，摔得遍體鱗傷。頭如爆炸性般的痛著，眼淚如壞掉般的水龍頭不停的流，心如被多隻猛獸咬著，狠狠地撕裂著。在崩潰前夕，自己將自己拉住，自己撫平所有的傷口。跌了又跌，摔了又摔，才發現不同的價值觀，是我們很難跨越的障礙。

　　龍應台為了更認識安德烈，開始了長達三年德國與香港之間的通信，寫了很多不同的主題，表達了兩個世代不同的價值觀，更道出了母子之間深深的羈絆。溝通，使他們倆更靠近，使他們更認識彼此，使他們彼此重新擁有彼此。

　　他們鼓起勇氣，向彼此展開雙臂，為彼此打開心房，邁向另一個更寬廣的湛藍天空。而我卻仍瑟縮在漆黑的溝底，顫抖著。我不再擁有勇氣去面對一次又一次的傷痛，我再也不堪承受一次又一次的打擊，黑夜中心不斷的撕裂。我停止了，熱情、渴望、勇氣早已消耗殆盡，過去的種種已成回憶。現在不過是用愛敷衍罷了。

　　看見龍應台與安德烈的對話，讓我覺得勇氣與毅力著實缺一不可。因為沒有勇氣，則無法跨越那高聳的障

礙。沒有毅力，則無法一試再試，不向多次的失敗投
降。我擁有勇氣卻沒有毅力，或許我應種下那顆名叫
「毅力」的種子，再一次的嘗試，不再被愛所束縛，讓
媽媽好好聽我說。（陳嘉萱）

❖ **那努力奮進的身影**

　　升上高中，我和許多人一樣，選擇一個補習班，希
望能提升自己的成績。跟著國中同學到了「高偉數
學」，一開始以為這裡跟其他補習班一樣，教室很大，
可以容下幾百人，牆上有電視，讓坐在後面的同學能看
得更清楚。等到開始上課，才知道這裡最特別的事，老
師比任何人都拼，也影響所有同學，讓所有同學跟著他
奮鬥。除了他的認真，還有他個人念書的經驗及方法。

　　某次，在他要到補習班上課的前一小時，為了就一
位闖紅燈而差點被車子撞到的小孩，手和車子的後照鏡
以相反的方向撞上，力量大到使他的手指完全骨折。他
馬上請他認識的醫生幫他做些簡單的治療、包紮，卻怎
樣也不肯接受更精細的檢查，因為他接著有堂課得去
上。只因他認為上課是他的責任，且他不想因為一些挫
折就阻止他繼續前進。

　　從小學到現在，我常因一些小傷、小感冒就請假在
家不去上課；或是因為天氣不好而打消去圖書館念書的
念頭，然後給自己找個理由說這些行為都是合理的，不
過這些充其量不過只是藉口，為何要因為這些小挫折阻
斷自己前進的道路？為何不學學高偉，或許不用和他一

樣如此拼命，但至少學會他那希望自己前進的志氣。

在學習的時候，我常只能學會當時在學的部分，以歷史為例，若學西洋史，明明是同一個年份，我卻想不到已經學過的中國史在當時發生了什麼事；有從國文來看，學到一篇新的古文，就只學會這是什麼時期的作品、作者是誰，卻沒辦法想到其他有關聯的事。

「會進攻，也要懂得防守！」高偉每次上課都會提到的一句話。會進攻，學習新的知事，同時也要懂得防守，抓住以前所學到的。以國文為例，當學到清朝時期的桐城派，除了代表人物還得知是明朝唐宋派影響的，以此類推，便把這些知識刻在腦海裡。其他科目也是如此，融會貫通。在考試的時候，我從題目得知一些訊息，但他可以從中延伸出幾十樣相關聯的知識。

從他的各種經驗和認真的態度，就知道他現在的一切都是他拼出來的果實，而我若學習他的精神，相信我也能拼出一番自己的成就。（馮偉倫）

穿越臺灣老街的時空意象

——北埔老街的探索與寫作

◎ 出訪前的先備知識
──北埔的地理考察與歷史沿革

　　謝謝蒲老師的邀請，讓我有機會與大家一起前往北埔踏查。

　　地表景觀並不是一朝一夕之間形成的，而是人類長時間與環境互動的結果，比較像是水彩畫而不是油畫。油畫可以將先前的畫作完全除去不留任何痕跡，水彩畫卻是新舊層層相疊，最表層隱約可以看到下層的風貌。

　　地名是最容易辨識的地表景觀之一。今天要去的北埔，望文生義就是位在北方的草埔，是漢人活動的記號。而我們學校所在地──松山，清朝時原名錫口，是平埔族社名，日據時期改稱松山。從地名的演變，可以看出政權的移轉，也可以看到族群活動的紀錄。

　　北埔與峨嵋、寶山三個鄉鎮，位在新竹縣東南山區，接近賽夏族生活領域。道光初年，漢人在竹塹平原地區的開墾已接近飽和狀態，後來的移民客家族群於是往山區移動，不可避免地侵入賽夏族活動範圍，引發出草馘首的慘劇，移民心生畏懼，開墾因此停滯。道光十四年（1834），淡水同知李嗣鄴號召廣東、福建的墾戶在北埔組織「金廣福墾號」，作為防番與開墾的前哨與指揮所，之後陸續在丘陵與山地的接觸地帶興建三十六座防禦性的隘寮，派隘丁駐守，墾民生命財產有了保障，武裝開墾於是順利進行，建立峨嵋、寶山一帶的聚落，後將這些聚落通稱為「大隘」。

　　本區是典型農業區，清朝時期以樟腦、樹藤資源吸引墾民，日據時主要產業為茶葉，光復後以生產洋菇、茶和綠竹為主，工業則以食品製造業為主，手作加工業深入每一家庭。近年來，透過政府機關與地方人士的努力，大隘正朝向營造客家文化的鄉鎮特色發展，並且已經有了精采的成果。

　　透過以上的簡短介紹，大家等一下到了北埔，除了嚮往東方美人茶、客家風味餐之外，應該還會有所期待吧！祝福大家收穫滿滿！

（羅美娥校長講述）

寫作單元五

寫作訓練一　北埔老街的美食體驗與記錄

　　請選出你最喜歡的一道客家美食，形容它的菜色、香氣及味道，並抒發自己喜歡的原因。

　　這是一道我覺得還不錯品嚐的料理，它叫做「客家小炒」。它的食材包含：乾魷魚，五花肉，豆干和青蔥，再以醬油，米酒，和糖炒製而成。青蔥帶給它綠綠的顏色，勾起了我對它的興趣，配色用的紅辣椒也十分的醒目，由於豆乾和魷魚的顏色本身就十分的單調，幸好有這一些配料使它們像活過來似的，增添了不少的光彩。辣椒不會太辣，魷魚也不會因為炒過而咬起來太硬，豆干則剛好可以反襯魷魚的硬度，讓人嚐起來有一種軟硬皆有，有一點矛盾但又很有趣的口感。它的味道極度濃厚，我想是只要你有親身聞過就絕對不可能忘記的。這就是我喜歡它的原因，在單調中有些不一樣，雖然簡單但是特別，有令人垂涎三尺的香味但卻不會像過濃的香水，入口即化卻又夾雜著嚼勁。像這樣的美味要上哪兒去找呢？（林辰樺）

我最喜歡的一道菜是「炒過貓」，它的擺設是把炒過薑的過貓放在盤底，中間放上一顆生蛋黃。雖然我不喜歡吃生蛋，但是把它們混合在一起之後，有一種滑嫩的口感，再加上我習慣的口味偏於清淡，而客家美食的口味偏重，「炒過貓」是其中幾道味道較輕的菜餚，它也是我喜歡的菜色之一。（鄧均至）

　　請紀錄客家擂茶的材料、過程、及其茶飲的色、香、味。

擂茶是客家人用來招待貴賓的一種茶點，「擂」這一個字具有研磨之意，也就是它的製作過程，必須要全手工的，用陶瓷所製成專門製作擂茶的擂碗，將茶葉、芝麻、花生、松子仁，葵花子仁，南瓜子仁，還有綠茶葉，加入擂碗中搗爛。搗完的樣子應該要呈現糊狀，而搗的過程是否是愉快的，這可能要看個人的主觀看法了。磨製這個需要花很大的力氣，若沒有很大的力氣，就可能要耗上你一陣子的時間了。老闆娘當時跟我

寫作單元五

們說是有方法的，但是我們十幾個人這樣試下來，還是決定用自己的方法好了，也就是用蠻力！雖然說真的是很累，但是我們人這麼多，怕什麼好害怕的對不對！結果我們耗盡所有的體力還比老師組的速度慢，使我們嚴重的懷疑老闆娘偷偷幫助老師們……。唉，總算完成了，大家都辛苦了也不累壞了吧？事實上大家在擂茶的過程中早已把應該要拿來配擂茶的點心給吃完了。十分建議老闆娘下次可以好心地多幫我們準備一些。最後一個步驟便是沖泡熱開水。嗚，香噴噴的擂茶就完成嘍！它本身喝起來是沒有任何甜味的，幸好老闆娘懂我們小孩子嘴饞，加一些紅豆進去後味道果然不同凡響，美味極了！瞬間，擂茶就被我們掃光了。我想在這裡澄清一點，可不是我們貪吃啊，是它實在是太好喝了啦！淡淡的綠茶香，甜度又可以依個人喜好自行決定。老闆娘也很好心的提供我們已經磨好的粉，這樣以後在家裡想享受美味又可口的擂茶的話，就不用擔心還要自己磨製囉！冬天可以喝熱的，夏天裡加一點冰塊，又有不一樣的口感噢！這實在是太讚了啦！（林辰樺）

擂茶的材料有黑、白芝麻、花生、南瓜子、綠茶葉和松子。一開始先把綠茶葉磨碎，接著再加入體積較小的芝麻和松子，一定要沿著缽的紋路磨，最後加入體積較大的花生和南瓜子，磨到產生油脂成泥後，再倒入熱水就完成了。擂茶的味道淡淡的，喝起來有點沙沙的，也飄著微微的芝麻香和綠茶味，它可以加一些紅豆或爆米香，這樣的口感會比較多層次，別有一番風味。在自己付出勞力辛苦的研磨之後，所嚐到的擂茶更為香甜，那種味道是獨一無二的，這是一次不錯的體驗。（鄧均至）

寫作單元五

 寫作訓練二　古蹟巡禮與記錄

　　請根據文獻閱讀、現場解說、親見古蹟等相關資料，記錄重要的訊息與想法。注意記錄時應把握人、事、時、地、物等重點。

❖「菜脯」是用蘿蔔抹上鹽巴，再切片曬乾而成，聽說閩南人及客家人都擅長製作這項食品。在北埔看見戶外曬的蘿蔔乾，不禁想起小時候外婆家的情景。（黃麟茜）

❖ 這是客家人專製的「梅干菜」，湊近不到一公尺，就有濃烈的酸味撲鼻而來。聽說用來煮湯或炒肉絲都很可口。沒煮過的梅干菜可以保存很久，很佩服客家人保存食物的方法。(黃麟茜)

❖ 「金廣福」是清朝開墾時期官員的辦公處所。「廣」指廣東，代表客家族群，「福」指福建，代表閩南族群，這是兩大族群共同開發此地，期望可以積蓄很多財富，所以冠以「金」字來顯示吉利。(黃鼎鈞)

寫作單元五

❖「天水堂」是姜姓祖厝，目前屬於私人產業。看見這樣
　四合院的建築，想想如果出現在寸土寸金的臺北市區，
　肯定是超過市值百億吧？（黃鼎鈞）

❖北埔曾經為了防禦原住民，在屋宇設計了「防禦牆
　角」，人躲在牆角中，可防守、可攻擊。細看之下，磚
　頭上還真遺留當年的彈痕呢！（吳宜庭）

❖ 這是北埔的某秀才的古厝,題名「忠恕堂」可看出他們
忠恕的家風,如今年久失修,令人不勝欷噓。因為產權
問題,政府也無法介入修繕,令人感慨。(林辰樺)

❖ 北埔很多這樣的土牆,那是一塊一塊的正立方土塊堆疊
起來的,土塊的材料除了泥土之外,還摻雜了稻草、碎
瓦片,聽說這樣的廢物利用可以讓土塊更堅實。(鄧鈞
至)

寫作單元五

❖北埔有好幾口水井，這一口井已經乾涸，但是還可以想
像古代人用水的智慧，雖然不如現代自來水方便，卻也
古意盎然。（李念茵）

寫作訓練三 北埔老街的探索與
反思

一　從北埔的地理位置及歷史沿革，延伸到現代老街觀
　　光的景況，在古今交錯的空間與時間裡，你的感性
　　悸動與理性思辨是什麼？

❖在山巒環繞的北埔藏著清代先民開墾的痕跡，街道上的
　姜阿新宅、貴為信仰中心的慈天宮以及開墾蹤跡的金廣
　福墾號，都是足以應證北埔擁有悠久歷史的最佳證據。
　走在老街上映入眼簾的是客家人的開墾足跡，撲鼻而來
　的是客家菜餚的香氣四溢，不禁令我流連於這將近兩百
　年歷史的山城。但隨著近年來提倡的樂活精神與週休二
　日的遊玩概念下，愈來愈多的遊客前來北埔帶進了紅塵
　的氣息、漢人的文化，使得北埔逐步的商業化。我們應
　該深思，在漢人的強勢文化的侵襲下要如何保存客家人
　的純樸精神，歸還北埔這山城寧靜與古意。（黃鼎鈞）

二、在親眼見了北埔老街的古蹟、舊巷、美食、古玩及
　　其他客家的傳統物象，你是否察覺了臺灣城市與鄉
　　間的不同？北埔成功地發展了老街的觀光，你認為
　　靠的是哪些條件和優勢？它和我們高度都市化的臺
　　北觀光有哪些不同？試以三○○字寫下你的見解。

写作單元五

❖ 在一個晴朗的星期六的早晨裡，一大片蔚藍的天空中點綴著幾朵極亮白又可愛的小小雲朵，太陽也雄赳赳氣昂昂的駐守在天空中最頂端的位置，照耀著我們，也趕走了不美好的天氣。等不得八點整的鬧鈴響，七點半我就自然醒了，不知是太興奮了還是太陽太大了，總之在星期六的早晨起了個一大早對我來說是非常不正常的。幸好是個好天氣，否則我一定睡慘了。到了學校，算早又不算早，因為已經有兩個我們班的同學在我們學校對面的便利商店裡吃早餐呢！與其說是國文寫作營出去實地考察，不如說是我們班的班遊吧！大概三分之二的人都到了吧？真是有趣極了！我們班占了大多數，也很高興別班同學和我們一起同樂。在前往北埔的遊覽車上，很謝謝校長在正式開始前就為我們解說了一大堆的專有名詞啊，地理名詞啊，當地的人文古蹟啊，等等，雖說是先當我們預習，但依據她講解得詳盡程度，我真不知道等一會兒得導覽該如何是好？大家會安分得聽她解說嗎？頂著大大的太陽在頭上，真的不是我們不想認真聆聽她的講解，而是我們實在熱昏了！古蹟的壯碩程度我可以懂，因為那可以不言而喻，但至於它的歷史背景……我看我還是回家重新查查資料好了。（林辰樺）

❖ 臺灣的城市與鄉間表現出不同的物與象，城市內被冷血的怪手種起大廈高樓，一絲的綠意似乎也變成了稀有品；而鄉村中卻是被綠意環繞彷彿躺在大地之母的溫暖懷抱中。細細品味、拭目睮覷，城市與鄉間的氣息與脈

搏是涇渭分明的，城市內的人馬不停蹄喇叭聲響徹街道，與其說城市人摩頂放踵倒不如說是汲汲營營更為恰當。但並非鄉村人就渾渾噩噩，的確他們生活步伐是較為緩慢的，但如此卻能與蓋亞溝通、卻能保留一絲的純樸精神。

　　北埔靠著本身的客家本色造就了成功的觀光，用老街的意象來吸引城市人去探訪城市中缺少的歷史之美。然而北埔的成功並非坐享其成，他們努力的維護古蹟的完整、盡力的保存客家的原汁原味、用力的發揚在地精神，如果他們沒有經過這些努力，他們的觀光業就不會有今日的繁華。（黃鼎鈞）

寫作單元五

寫作單元六

渲染舌尖與心靈的味覺
——飲食文學的閱讀與寫作

 寫作訓練一 文章閱讀與分析

請閱讀下列文章，並根據文章內容回答問題：

美國流行一種 Cafeteria 的吃法，中文譯成「自助餐」，因其一應食物，連同餐具皆由自取。其實這種吃法比「自取」更突出的本色是「涼吃」。所以，把西餐的另一種 Buffet party 譯成「冷餐會」倒是很恰當的。西餐不是沒有熱菜，只是比中餐冷；自助餐則幾乎等於「冷餐」。洋人居然能倒退這一步，更表明他們根本不在意飯菜的冷吃熱吃。

熱吃是中餐的靈魂，在中國，「冷餐」本該沒有立足之地。但中國經過幾十年嚴酷的自我封閉，一旦打開鐵門，人們對西方先進文化「飢不擇食」，只要新鮮就熱烈歡迎。成批湧入的跨國集團公司經常舉辦招待會或大型宴會，動輒幾百人同時進餐，現代生活又要快節奏，自助餐真是「生逢其時」，在改革開放後的大陸得到了廣闊的用武之地。

蹩腳的自助餐居然走紅，更得利於它是「乘虛而入」。「虛」指的是年輕一代賞味能力的下降。

假如中餐用這種辦法吃，那不如乾脆把中國的烹調藝術取消算了。自助餐的冷冰冰，能壞了國人在「味道」上千年的「道行」；它的害處其實更深廣，甚至會壞了整個中華飲食文化。

中餐之美，不光是單個菜品的味道上。菜餚品類繁

多，繁了就會雜，就是古人說的「叢然雜進」，涼熱葷素一起下肚，不僅沒了美味，更會造成脾胃不和。自助餐的食品多達百十種，趕得上一席中餐菜餚；但兩者卻有本質上的不同。中餐體現著中華文化的「整體性」，使各因素的關係達到理想的平衡。

　　自助餐的吃法，賓、主隨意落座、自由走動，甚至站著吃；在破除宴席禮儀的同時，也顛覆了中餐突出具有的社會功能。往嚴重處說，這可能會動搖中華文化。

（節選自高成鳶《從飢餓出發——華人飲食與文化》）

寫作說明

　　這是一篇批判歐美自助餐之冷食的文章，作者對於西方冷餐的飲食方式頗有微詞，甚至認為會危害整個中華的飲食文化。同學只要掌握作者反對歐美自助餐的思維脈絡，就能清楚回答本文的主旨與核心價值，至於持贊成或反對意見，只要學生能自圓其說，都算是對本文的正確呼應。

寫作單元六

一　這段文字主要在闡述飲食的什麼現象？

❖ 西式自助餐的冷食吃法嚴重破壞中國傳統的餐飲文化。（黃安汝）

❖ 說明西式自助餐在中國無法完全取代中餐的飲食方式，且可能破壞中華餐飲文化。（蔡榮敏）

二　作者對於歐美自助餐的核心觀點是什麼？

❖ 歐美自助餐偏重於「涼吃」，不符合中餐熱食的精神，
而且可能傷害脾胃，影響健康。（黃安汝）

❖ 歐美自助餐的冷餐不利人體健康，不像中國傳統餐飲的
熱食比較能維護國人體質，而且有違中國的飲食文化。
（蔡榮敏）

三　作者認為歐式自助餐會動搖中餐的文化，甚至影響中
　　華文化的基礎，你是否贊成？為什麼？

❖ 我不是很贊成作者的觀點。一來因為歐美自助餐多樣的
菜色可以提供許多選擇，人們可以選擇多樣食物，反而
可以達到飲食均衡的效果，反觀中餐有時一桌子擺滿許
多菜，看似豐盛，卻顯得浪費，而且中餐較油膩。第二
個原因是，歐美自助餐隨機取用，可隨意走動，營造輕
鬆自在的氣氛，我反而覺得中餐過於拘謹。（黃安汝）

❖ 我贊成作者的觀點。歐美自助餐大都是生冷的食物，放
在室溫下容易腐壞，吃起來也不健康。至於因取餐而隨
意走動的飲食文化，餐桌上的語言互動變得極少，也不
符中國傳統的飲食禮節。（紀佳彣）

寫作訓練二　美食品嘗親體驗

寫 作 說 明

　　這是一個即食即寫的體驗活動，活動設計的目的，是希望藉由描寫感官知覺的體驗，深入探索自己因感官刺激而引起的心靈反應，分項書寫只是逐步引導，學生若能清楚掌握感官知覺與心靈之間的聯繫，亦可直接寫自己的感受。

❖（一）品嘗食物：三峽金牛角麵包

　（二）口味：菠蘿

　（三）品嘗時間與地點：六月十五日十點鐘，在一個天
　　　　氣舒服的教室裡。

　（四）品嘗前的心情：悠閒、愉快的心情，迫不及待的
　　　　想要快點品嘗。

　（五）金牛角的色、香、味（外觀、香味、觸感等）：
　　　　金牛角的外觀是金黃色的，中間鋪上一層波羅，
　　　　聞起來有麵包的奶油香，牛角的主體摸起來是平
　　　　順的，波羅的觸感則是凹凸不平、脆脆的。

　（六）品嘗過程：一開始拿到金牛角的時候，就可以聞
　　　　到它濃濃的奶油味，打開之後便情不自禁的咬上
　　　　一口，咬下去的剎那，香味便在口中散發開來，
　　　　非常美味。

　（七）品嘗中、品嘗後的心情：三峽的金牛角果然名不

虛傳，酥酥的外皮再加上菠蘿，是以前從沒吃過的組合，第一次嘗鮮就留下了好印象，我覺得這是一個很棒的創意，在眾多的牛角之中，三峽能脫穎而出，就是因為它懂得創新，所以我覺得很不錯，是一個值得推廣的美食。（鄧鈞至）

❖（一）品嚐食物：三峽金牛角麵包

（二）口味：咖啡口味

（三）品嚐時間與地點：六月十五日上午，一間有點悶熱卻時有微風吹來的教室

（四）品嚐前的心情：昨天因為熬夜，早上來上課時還有點想睡，因為疲倦悶熱，心情有些浮躁不安。

（五）金牛角的色、香、味（外觀、香味、觸感等）：當老師一打開金牛角麵包的紙盒，麵包香甜的味道撲鼻而來，使原本昏睡的我逐漸清醒，我特別喜歡那個蘊含濃濃咖啡香的金牛角，深咖啡色的外皮，透著令人興奮的咖啡香味，牛角的兩端是硬的，中間較粗的部分卻是軟中帶硬，那油亮的咖啡色外皮一定是塗上一層香油，香氣逼人，令人迫不及待想咬一口。

（六）品嚐過程：我抓著牛角的兩端，將硬硬的尖角咬下，那酥脆的麵皮瞬間在我嘴裡跳躍，摻揉著咖啡的香甜滋味，我還想再咬第二口。吃到中間的部分，外表的麵皮依然酥脆，而內緣的部分卻是鬆軟無比，那烤熟的麵包口感，比牛奶土司的味

道還要清爽柔嫩。老師還附帶一人一瓶冰鎮的「純喫茶」，當牛角麵包塞滿整嘴時，此刻適時地吸上一口綠茶，瞬間將口中的乾澀消除，此時身體的悶熱也逐漸緩和。

（七）品嚐中、品嚐後的心情：原本精神不濟的我，實在不想寫作，在這仲夏悶熱的教室，誰願意去啃那乾硬的麵包呢！可是三峽的牛角麵包果然名不虛傳，無論外表、香味、口感，均屬一流，再加上口味多樣而創新，在品嚐過程中，我第一次感覺到感官知覺與心靈味覺的交流，我覺得從今以後要好好的享受美食，也感謝老師給我這次體驗心靈味覺的饗宴。（江雅晏）

 為臺灣的美食編寫推銷企畫案

美食家焦桐曾經為臺灣鐵路便當隨筆寫下經營的策略。他說：

臺灣的鐵路便當有極大的發展空間，和想像空間。如果臺灣各地的火車站月臺都恢復賣便當，也都能表現地方特產，會是多麼迷人的鐵道風景。

諸如火車停靠基隆，月臺上的便當是白湯豬腳、天婦羅，或是炭烤三明治，還附贈一塊「李鵠鳳梨酥」。車到臺北，便當內容可以是「富霸王」滷肉飯、傻瓜乾麵、「呷二嘴」的筒仔米糕、大腸包小腸、牛肉麵、淡水阿給；若是傳統便當，主菜不妨換成「賣麵炎仔」的白斬雞，或「阿華」的鯊魚煙。車到桃園，月臺上有「百年油飯」、菜包，便當菜色換成鵝肉，或滇緬料理如米干、大薄片。車到新竹，月臺上買得到城隍廟口的潤餅，也有炒米粉加貢丸，附贈竹塹餅或水蒸蛋糕。車到苗栗，月臺上全是客家口味，福菜、梅乾菜、封肉，客家小炒。車到臺中，便當難道不能附贈太陽餅、綠豆椪或鳳梨酥？車到彰化，供應的是焢肉飯、肉圓、肉包、羊肉，蝦猴、蚵仔、烏魚子、土雞蛋也都可以參與演出。車到嘉義，火雞肉飯出場。車到臺南，「再發號」燒肉粽在月臺播香，也吃得到蝦仁飯、蝦捲飯。車到高雄，供應有烤黑輪、黑旗魚丸、各式海鮮，以及木瓜牛

奶。車到屏東，便當裡的主菜是萬巒豬腳。火車駛經南
迴鐵路，看到中央山脈見到太平洋，來到臺東車站，便
當裡的池上米飯，搭配精心烹製的白旗魚。停靠花蓮，
便當的主菜可以是曼波魚、馬告雞。車到宜蘭，便當裡
的白飯用的是合鴨米煮成，亦無妨換成蔥油餅；主菜可
以是天籟鴨，搭配鴨賞、糕渣……（節選自焦桐《臺灣
肚皮》）

**臺灣鐵路便當全省模式統一，賣相大同小異，此現象固
然可以保證便當品質的一致性，卻凸顯了鐵路局因故就
簡的守舊心態。讀完焦桐的這段描述，是否引發了你的
創意？其實，臺灣有許多其他行業或景點，也存在著相
同的問題。請你就下列行業或景點，針對其缺點，重新
規畫完整的經營策略：**

（一）老街飲食
（二）高速公路休息站
（三）各地 7 ELEVEN 零售店

寫作單元六

寫作說明

　　這個寫作訓練採用分組討論的模式，各組根據每一位成
員的意見，最後必須匯整出一個完整的敘述。在思考如何發
展其創意美食時，同學必須同時思考其可行性與在地性，以
免天馬行空，以致無法實現你們的理念。

❖（一）老街飲食

　　沿著「九彎十八拐」道路往上攀援，九份老街有著山城的特殊景觀，蜿蜒曲折的山路是它交通的致命傷，其實如果能在山腳下的大型停車場，設置中小型巴士的密集接駁，應可改善假日交通阻塞、上山無處可停車的窘境。此外，九份老街的芋圓、紅糟肉圓、傳統茶藝館應該可以相互結合，形成一個連鎖生產線，可以為九份帶來更多的經濟價值。

　　大溪老街最具特色的是它的巴洛克式的建築，遊客除了觀賞這些建築之外，老街的傳統美食如「草仔粿」、「碗粿」、「豆乾」等，應由政府與民間企業合作，一方面開發更多樣的口味，一方面也可以為飲食衛生把關。此外，老街因為道路狹窄，無法停放大型遊覽車，建議在大型停車場與老街之間修建高架道路，以利更多接駁公車的運作。

　　淡水老街基於方便的捷運交通，為它注入了經濟的活水，卻也扼殺了它原本的傳統風貌。我們覺得在捷運廣場應該舉辦更多有關淡水歷史沿革的展覽活動，或設置歷史博物館，以保存淡水重要的歷史文物。而距離海口而特有的海鮮美食應該更具規模，其餘如「阿給」、「鐵蛋」、「魚酥」、「魚丸」等淡水道地美食應該由政府介入輔導，使這些美食在衛生、口味及經營模式上更加便民，應該可以成為淡水的重要經濟來源。

❖（二）高速公路休息站

　　由北到南的高速公路休息站，各有其地方特色，每一鄉鎮也有特殊的名產。例如：「泰安」休息站位於苗栗地區，當地除了客家美食之外，也因為是原住民泰雅族所在，所以客家美食如桂竹筍、甜柿、火龍果、生薑等，以及原住民的小米酒、土雞，都應適時展示在休息站，或提供訂貨宅配服務，而此地的溫泉相當有名，或可提供溫泉旅社與休息站之間的交通接駁服務。

　　又如位於國道三號的「關西」休息站，那更是客家莊所在，所以設置客家美食餐廳、休閒擂茶等應是可行的。

　　再如南部的「關廟」休息站，可結合臺南的農產品及地方美食來推廣，如鳳梨、關廟麵、粿仔、擔仔麵等等，可以經營屬於南國風情的休憩區。

　　根據統計，所有高速公路休息站中，屬中部的「清水」休息站面積最大，來往人潮最多。清水的米糕、大甲的小林煎餅、玉珍馨的奶油酥餅都是遠近馳名的特產。目前這些名產都能在清水休息站找到專櫃，它應是高速公路休息站實現在地美食精神的典型。

❖（三）各地的 7-ELEVEN 零售店

　　臺灣是一個便利商便密集的國家，以 7-ELEVEN 來說，在這個路口看到一間，在下個路口馬上就能找到另一間。便利商店雖然方便，但是每家店幾乎長得一樣，沒有自己的特色，若能在不同的地方，結合當地特色，

便利商店就能不再只是一成不變。

　　臺灣是個很有特色的地方。若是在陽明山上的便利商店，能和「花」來作聯想，賣花或者是送花給來消費的客人，也可以配合溫泉，推出花紋溫泉蛋。若是在深坑，可以販售臭豆腐。若是在金門，可以結合當地盛產的高粱，做出高粱蛋糕或高粱餅乾，讓它不只是做成高粱酒，而是更多老少咸宜的食品。若是在蘭嶼，則可以和飛魚季作配合，像烤蕃薯一樣，可以現烤飛魚。若是在澎湖，便可以利用當地的地質景觀——玄武岩，將便利商店的外觀裝潢成玄武岩的樣子，讓來到澎湖的人更能體驗當地特色。

　　便利商店的「同一性」，讓人們有熟悉的感覺，但它也能「在地化」，讓光顧的客人能夠體驗當地的文化，在遊玩之際，也能感受到當地人的貼心。

寫作訓練四 引導寫作

> 在你的記憶中，哪一種食物給你最深刻的印象？哪一次的飲食給你最美好的心靈感受？請選出一種食物（生食、熟食、正餐、點心皆可）敘述它的色、香、味等外觀，並描述自己品嚐這一食物的感受，在結合自己的生活記憶，定義此一食物在你生命中的美好價值。題目自訂。文長在 600 字以上。

寫作說明

　　食物可以直接觸動我們的感官知覺，更可以觸動更深層的心靈味覺，進而讓我們響起生命中曾經美好的經驗。只要學生能夠掌握食物與味覺、食物與心靈互動的脈絡，自然可以寫出扣人心弦、牽動心靈味覺的好文章。當然，適度的氛圍營造仍有烘托食物與心情的效果，千萬別放棄氛圍營造的利器。

❖ 記憶中的麵疙瘩

　　這是童年記憶裡的一段畫面，我與外婆兩人在廚房裡，僅開著抽油煙機上的小燈，揉著麵糰，有說有笑，氛圍真是無比幸福，現在想起來仍然身處其境。當時我並不知道眼前外婆正在做的食物是什麼，只想著這是外婆所作的特殊料理，因此我將它命名為「麵糰料理」，

小時候一想要吃的時候，只要跟外婆說：想要吃外婆特製的「麵糰料理」，外婆意會到了，便著手準備材料，而我則是抱著滿心期待的心情在一旁等著。

「好了！可以下鍋了。」外婆說。一聽到這句話，我興奮的奔向廚房，因為下一個步驟是我最喜歡的「撕麵糰」，我小心翼翼的在一旁幫忙外婆將麵糰壓扁後，撕成一片一片的，外婆再將一片片的麵疙瘩放入滾燙的熱水中，麵疙瘩先是沉入水底，待熟透後浮出水面，過一會兒，全部浮上了水面，那景象猶如一片片雪花浮在水面上。

「可以起鍋了！」外婆說。

於是外婆拿著鍋子將香味撲鼻的麵疙瘩倒入鍋中，殊不知，我早已備好碗筷，準備第一個品嚐！等到外婆將麵疙瘩放上餐桌，我食指大動，馬上幫自己添了一碗，不管它有多麼燙，只是吹了兩口氣，就往嘴裡放，它的口感Q軟有彈性，讓人一口接一口，意猶未盡。我覺得麵疙瘩像是沒有包餡的水餃皮，或許就是這個原因，我才會對麵疙瘩這麼愛不釋手吧！小時候吃水餃，總是喜歡挑出內餡，皮與內餡分開來吃，因為我喜歡單獨吃水餃皮，感覺品嚐起來比較沒有負擔。所以吃到麵疙瘩的當下，我感覺這是很厚的水餃皮，而且不用擔心還有內餡要吃。

相隔幾年，在因緣際會之下，我在別處吃到了麵疙瘩，咀嚼的瞬間，讓我回想起外婆所做的「麵糰料理」，我問了旁人：「這個食物是什麼？」他回答：「這

是麵疙瘩。」一直到當時我才知道原來我記憶裡的「麵糰料理」稱為「麵疙瘩」。在這次之前我已經許久沒有再吃到麵疙瘩了，但我依然清楚記得外婆所做的麵糰料理。

麵疙瘩或許在旁人眼中是再平凡不過的食物，卻是我童年最珍貴的一段回憶，也許是第一次吃到時的美味、感動讓我難忘至今吧！從小對於外婆的第一印象就是「嚴肅」，外婆的嚴肅令我從小就非常害怕，深怕一不注意惹外婆生氣，但是經過那一次與外婆在廚房的邂逅，徹底的改變外婆在我心裡的感覺，當時外婆給我的感覺是那麼的慈祥，耐心的告訴我每一個步驟，當下我才發覺外婆其實一點也不可怕，而是我太敏感了。不知道為什麼，現在外婆似乎沒有再做麵疙瘩了，我想，或許是事過境遷，大家都各自忙自己的事情，家裡也就鮮少開伙了，但是童年的那一份滋味，我想，我是永遠不會忘記的！（陳映蓉）

評語 描述麵疙瘩的外觀與手感，從生麵皮到煮熟的過程，恰似你和外婆之間愈來愈融洽的親情，親子互動與食物的摹寫都能融入個人情感，使人讀來格外親切。

寫作單元六

❖ **生命中所能承受的苦**

小學一年級唸書時，至今我還留有印象的事，每天看著隔壁同學的午餐和我不一樣，心裡覺得很奇怪：

「為什麼這些東西我不能吃呢？可是媽媽和我交代不可以隨便吃。」上了高中認識的朋友，也曾對我說：「我真不敢相信有人長這麼大沒吃過麥當勞。」有印象以來，我就一直跟著母親吃素，因為她是個虔誠的佛教徒，怕我不小心食用到葷食，在求學階段她天天幫我帶便當，怕我與爸爸對吃素感到嫌膩，努力做出不同的菜色，長大後與母親分開了，自己開始去挑選外面的食物，看著高油高鹽的素食與加工食品以及不健康食物的負面新聞，漸漸能明白母親一直以來對素食的堅持與要求。

也許年紀漸長，已經過了喜愛甜膩食物的年紀，開始追求健康飲食，有機緣能遇到新開的店家，總會去嘗鮮看看，某次，我看到一間稍微重新裝潢的素食店，店面小小的，不大的空間僅擺著幾張桌椅，以及看得見老闆娘炒菜的廚房，頭一次去吃，沒有特別感受，但當我去過別家後，再回過去買她們家的食物，漸漸無法接受別家做的素食料理，老闆娘看我來過幾次，會和我聊上幾句，她說她們家的食材幾乎都是自家種的，新鮮的食材就是最好的調味料，她認為素食的素就是自然、天然，所以她很少用加工食品，炒菜她也有她的堅持，不過油、不過鹹，曾經，她炒了一道豆芽菜，但炒好以後豆芽菜香漸淡，她聞到一股藥水味，她當場丟掉，她說：「連我都不敢吃的東西，怎麼可能給客人吃。」當下聽到，讓我感觸良多，這樣為客人著想的店家，真的太少了。

　　我最常點的餐點就是招牌便當，對於菜色老闆娘很用心每天變化，以及選用最當季的食材烹煮，近來，我很喜歡她家的一道菜，鳳梨炒苦瓜，會對這道菜印象深刻，因為小時候我是拒吃苦瓜的，只要苦的辣的幾乎不碰，那時不知道苦瓜會苦，吃過一次苦味，便再也不能接受苦瓜這道菜，不管別人和我說多好吃，我一想起它的苦味就卻步，國中時看到表姊在吃苦瓜，我愣愣的問她為什麼敢吃，她說：「出去外面後，不敢吃的東西你也會吃了。」後來長大了常去外面吃飯總認為挑嘴很浪費食物，也就嘗試吃過幾次店家給的苦瓜，一樣會苦，可是卻能接受這種苦味了，有次老闆娘幫我包了鳳梨炒苦瓜，吃著第一口散開的些微苦味，讓我有些排斥把剩餘苦瓜吃完，但當我把鳳梨和苦瓜一起塞進嘴裡時，鳳梨的甜味配上苦瓜淡淡的苦味，瞬間顛覆以往我對苦瓜的成見，或許經歷過許多事才能體會人生的酸甜苦辣，就像鳳梨和苦瓜的搭配。

　　由於老闆娘也是佛教徒，偶爾她會和我聊到人生的道理，我很驚訝她不同於別人的想法，讓我原本心中的迷霧能夠豁然開朗，和她聊天不時會想到母親帶著我吃素、從小教導我的一切，以前不能理解母親說過的話，卻在這位老闆娘身上聽到相同的話時，我卻能明白了，就如苦瓜鳳梨的滋味，嚐過才知箇中的真諦。（李秝嘉）

寫作單元六

鳳梨炒苦瓜的滋味雜糅了酸、甜、苦等味覺，也許這酸、甜、苦的滋味正如人生的歷練一樣，吃一道菜，可以吃盡人生百感。文章以閒話家常的筆調敘說自己與周遭人物的互動，也說著品嚐鳳梨苦瓜的心情，平凡中卻見深刻的人生哲理。全文若能在謀篇布局上再用心經營，其感染力會更強。

寫作單元七

用心撫觸地球的傷口
——環境保育議題的閱讀與寫作

 寫作訓練一 文本閱讀與分析

請閱讀下列文章，並根據文章內容回答問題：

　　海岸地區常常因為多風，土壤又多含鹽分，沒什麼農業價值；再加上地理位置偏遠，交通不便，土地利用的經濟價值亦甚低。長久以來就被當成一無是處，除了填倒垃圾外，任何形式的開發都是天大的恩典。從來沒有人想到這些海岸地區的生態景觀價值，是值得被保護的。這些珍奇景觀的消失都被認為當然的，或是不可避免的，甚而是進步的代價等等。

　　我們看到另一些海濱沙丘地區開發成了工業區或養殖區；茂密的海岸林被砍伐後種上瓊麻或其他經濟作物；甚而海岸防風林都被砍掉，開發為農田。短期內它們的確為少數的某些人帶來了財富，但長久看來呢？不少地區已經看出一些端倪了，林邊佳冬一帶的養殖區已引起海水倒灌問題。因為過去沒有人知道在生態學上海岸沙丘在下雨時，可吸收儲存大量的淡水，除了可調節洪水外，沙丘下豐富的地下淡水亦可阻止海水滲透，劣化土質。

　　沒有人想到海岸地區的生存條件非常惡劣，不論海岸林或防風林的生長均極不易；砍伐後大都會引起嚴重的風蝕與水土流失，開發後所得的農田，經濟價值亦甚低，可謂得不償失。（改寫自馬以工〈破碎的海岸線〉）

寫作說明

　　文本的閱讀理解，最先要找出文章的主題思想，這是延伸到寫作訓練的基礎。這篇文章與海岸線的開發有關，同學在掌握主旨之後，需要進一步掌握其對於海岸線有形與無形的價值的詮釋，最後再提出自己見解。

一　這段文字主要在敘述什麼？

❖ 海岸線往往沒有什麼農業和經濟價值，因此沒有人會想到他還會有什麼生態景觀的價值，然而開發在無形當中直接和間接造成更嚴重的災害。（李佳美）

❖ 海岸地區的開發，造成了不良後果。（蔡榮敏）

❖ 介紹海岸地區的自然狀態，進而寫出人類對無經濟價值的土地的偏見，因而只去開發它的經濟價值，建造工業區，從來沒有保護它的生態，卻造成嚴重的後果。（黃鼎鈞）

二　作者認為海岸地區有哪些有形或無形的價值？

❖ 在海洋地區被開發成工業區和養殖區時，有形的價值在於帶給人類少數的錢財，然而卻使海岸地區僅存一絲力氣保護整個環境都消耗殆盡，調節洪水、阻止海水滲透、儲存大量的淡水，這些都是人所不能及的無形價

值。（李佳美）

❖ 有形→經濟作物、開發農田、調節洪水、阻止海水滲
   透。

   無形→人們不計其利益開發海岸線，對海岸線的破壞，
   產生一種失落感。（蔡榮敏）

❖ 有形：農業、工業區、養殖區、可以帶給人類立即財富
   的價值。

   無形：海岸生態景觀，只有觀光價值，但是不一定會被
   開發。通常有形價值是獨一無二的。（黃鼎鈞）

三　看完這篇文章，你究竟贊成或反對海岸線的開發？為
　　什麼？

❖ 人是現實的，如果開發有成，真的能帶給人數不盡的財
   富，而這利益遠大於對環境的傷害，我想我會贊成。若
   是有窮人或生活困難的家庭，面臨不開發而活不下去的
   窘境，環境也只能施捨他們一點也不多的憐憫和體諒就
   讓他們開發吧！不怕事後大自然對人類的報應的話，開
   發後也有能力承擔後果，那麼開發了又有何妨？（李佳
   美）

❖ 臺灣是一個四面環海的島，海岸縣市與陸地跟大海的連
   接線，在下雨時，海岸沙丘可吸收大量的淡水，亦可調
   節洪水。古時即有福爾摩沙的號稱，海岸線的開發代表
   生態的消失，位在海上的島，沒有多元的物種，只有一

群追求利益的人，這豈不是殺雞取卵的行為嗎？（蔡榮敏）

❖ 我反對海岸線開發，因為海岸的生態景觀通常是獨一無二的。例如，望安之於綠蠵龜，南灣之於軟珊瑚。一旦我們破壞了它們，它們就一去不復返了。然而開發養殖業、工業區卻是可以在任何地方開發的。因此我反對海岸線開發，而且任何開發案都應該通過嚴格的環境評估，因為大自然的反撲通常是無法預測的，最後受害的是人類，而且大自然的反撲經常使人類死亡，人一旦消逝了，那留下很多錢又如何呢？（黃鼎鈞）

 寫作訓練二 文章縮寫

請將下列文章縮寫成 250 字的短文：

初到南灣的人，總是驚訝於它那片湛藍的海水。很少人知道在那一片海水之下，還有一片濃密連綿不斷，全世界種類最多、色彩最豔麗的軟珊瑚林，常令許多喜愛潛水者流連忘返。

軟珊瑚林的最大價值當然不會是觀賞。它也是豐富魚產的溫床。在軟珊瑚林的附近，海水中的有機質特別豐富，培育了水中無數的微生物，而大魚吃小魚、小魚吃蝦米、蝦米吃泥巴，所謂泥巴也就是水中含有豐盛有機質與微生物的泥巴。目前沿海地區的漁民，單靠捕撈魚苗，每年就有近億元的經濟收益。

這樣特殊的美景，因為一般人缺乏潛水技術與配備，長久以來就沒被重視過。目前不法撈捕軟珊瑚者甚眾，撈起來的軟珊瑚立刻死亡，所有豔麗的顏色也跟著消失，變得像你在攤販架上看到的白白灰灰的。除了放在熱帶魚缸中裝飾外，一無用處。也有不少人用炸藥炸魚，除了對漁產有影響外，常常炸坍海中的礁洞，而將大片軟珊瑚林掩埋。再加上前幾年後壁湖漁港擴建時施工的棄土，已使南灣海底的生態遭受嚴重的破壞。

熱帶地區一般海洋的生物相，包括軟珊瑚在內，均生存在接近溫度的極限上。只要溫度略微提高，再加上陽光、海流、風向等條件的改變，都會引起海洋生物的

大量死亡。冷卻發電機的熱廢水所引起的熱污染——核電三廠運轉以來所產生，——使南灣海底的軟珊瑚林面臨著生死存亡的考驗。

　　臺灣的海洋生物學正在啟蒙階段，而軟珊瑚在全世界的海洋生物學尚是一門充滿未知的學問。軟珊瑚尚未被學術界分類，大多數亦沒有學名，對其功能、特性也不清楚，糊里糊塗就讓它們消失，真是一件遺憾的事。

（摘錄自馬以工〈失去的軟珊瑚林〉）

寫作說明

　　文章縮寫的要訣在於掌握全文的主旨與精華字句，所以學會對文章畫重點是很重要的的能力。畫出重點之後，將重點文字重新融合也是重要的過程，同學要學會寫作材料的排列組合，自然可以駕輕就熟。

❖ 到南灣總是驚訝於湛藍的海水，但海水之下，種類最多、色彩豔麗的軟珊瑚卻鮮少人知。牠們最大的價值並非觀賞，而是魚產重要的溫床，因為有機質的協助，才得培育水中無數的生物。然而，事實上，這樣的美景長久以來從未被重視過，在炸魚的同時也炸坍了海中的礁洞，核三場的建立，所產生的熱廢水、熱汙染，更使脆弱的軟珊瑚們也面臨著生死存亡的考驗。更不幸的是，臺灣的海洋生物學才剛啟蒙，軟珊瑚在全世界仍是一籮筐的未知，在不了解牠們和賦予牠們一個正名之前，就

寫作單元七

讓牠們消失，真是遺憾！（李佳美）

❖ 在南灣的海水下，有一片連綿不斷，色彩艷麗的軟珊瑚林，是潛水者的最愛。

軟珊瑚林是漁產的溫床，在附近，水中有機質特別豐富，培育許多為生物。在沿海附近居民，靠捕撈魚苗，就有近億元的經濟收益。隨著人類無知，捕撈珊瑚甚眾，曾幾何時，海底裡鮮艷的珊瑚如今變成白灰灰的模型，隨全球暖化的影響，海水的溫度略微提升，引起海洋生物大量死亡；隨科技發展，核電廠建設，使珊瑚林面臨生存死亡考驗。目前軟珊瑚是充滿未知的學問，人類對其功能，特性也不了解，讓海底生物消失，真是一件遺憾的事。（蔡榮敏）

❖ 南灣，那片勘藍的海水。令人流連忘返的是海水下的軟珊瑚林。它可觀賞但重要的是魚產的溫床。有機質造就了生態系，也給漁民龐大的利益。因為人們的無知，使軟珊瑚林遭破壞。因為被捕而失去艷麗的色彩。炸魚，漁港擴建使生態被破壞。核三廠的熱廢水使原本就在高溫下生活的生物面臨生存死亡的考驗。臺灣的海洋生物學正在啟蒙，對軟珊瑚更是無知，因此糊里糊塗地使它們消失，令人遺憾。（黃鼎鈞）

寫作訓練三 文章續寫

下列是一段約 350 字的短文，請接續短文所敘述的故事，寫成約 600 字的文章。敘事、抒情或議論皆可，但寫作內容必須融入前文的意境。

　　在北美洲的拓荒時期，有一種旅鴿，當牠飛翔於空中時，多得可以遮蔽天日。一八一三年，在肯塔基州，曾有一群旅鴿飛經該地，連續三天才飛完，可見其數量之多。牠們常群聚在大樹上，群聚的面積，有時可以蔓延四十多哩。白種人因為牠們的群聚特性，再加上肉質鮮美，常常捕捉，甚至把捕殺、販賣旅鴿擴張為商業行為。在一八五五年，紐約一位商人曾有一天轉手一萬八千隻的紀錄。一八七九年的密西根州，甚至有捕殺一億隻的紀錄。

　　十九世紀後半，旅鴿在北美大陸已經很稀少了。到了一八九○年，當人們警覺迫害旅鴿過度，不再捕殺時，為時已晚。散居在美洲大陸的旅鴿，由於星散各地，不能成群聚集以完成生殖，又因數量過少，不能對天敵構成嚇阻作用，致使數量每況愈下。一八九四年，人類在野外看到旅鴿最後一個築巢。

　　一九一四年，世界上最後一隻旅鴿在辛辛那提動物園中與世長辭。……

寫作說明

　　文章續寫只要掌握文意，續寫的部分可以議論，也可以是敘事。只要能提出自己的見解，就算是完成一篇完整的文章了。

❖ 多麼淒涼阿！人類憑什麼是這個世界的主宰？貪婪、不知節制、自私自利，手段狠毒，為了吃、為了賺錢而不擇手段，旅鴿只是多數慘案的其中一宗，美國西部野牛、非洲的大象、臺灣早年的梅花鹿和鵪鳥……還有許多不為人知的例子，只是人類從未學會教訓，甚至至今，許多生物還在一一被捕、被殺導致絕跡、絕種。想想，最後的報應還是回歸到人的身上，生態的循環總會有輪到人類的一天，只是大部分的人都不知覺，仍然持續撲殺著地球。

　　無知的人阿！快醒醒吧！世界正逐漸邁向盡頭，而大多數的人還有半輩子要過。什麼時候才能學會節制？學會適當的取用需要的，適時回饋自然給的恩惠，但諷刺的是，通常給予的回饋是在葬入土堆的時候。（李佳美）

❖ 在臺灣，有一種非常漂亮的鳥──藍鵲，當牠飛翔於天際時，天上彷彿添幾筆色彩，翅膀的尾端有一調長長的尾巴，看上去真像一隻孔雀，翼上有極美的色彩，人類逐漸發現這種色彩艷麗的鳥，大量捕殺，隨著時間的流

逝，藍鵲一隻隻的減少，原本分布在各地，如今只剩下少數地區可見著牠的飛翔。

在我家附近的碧山，時常可以見著藍鵲的蹤跡，飛翔於天空，輕盈在山林間穿梭，在人煙較少的地區是藍鵲的天堂，也還好有環保團體的關心，藍鵲才被列入保育動物，人類的覺醒，藍鵲也較少受到傷害，藍鵲復育成功了。（蔡榮敏）

❖ 然而，世界上也發生過許許多多這類的事件。臺灣的梅花鹿在荷據時期因為它美麗的外皮相當討喜因而被捕獲賣去歐洲。今日，雖然還可以見到梅花鹿，但是它們是被飼養而非野生的。如此我們無法看到它們在林中奔跑、嬉戲。地球上的老虎也減少甚多，如今只剩四千多隻野生的，而且在二十世紀中，蘇門達臘虎、西伯利亞虎已經絕種了。它們絕種的原因是人類的獵殺，虎鞭、虎皮是人類要的。

自視甚高的人類，因為自私的心態而侵佔動物的生存權，雖貴為萬物之靈，卻沒有盡到保護動物的義務而肆意捕殺。近年來，生態保護的觀念漸漸萌芽，希望生物滅絕可以在這浪潮中永遠消失。希望未來我可以看見蓬勃的生態系和綠意盎然的森林，而人類和其他生物和平共存。（黃鼎鈞）

 寫作訓練四 引導寫作

> 　　2009 年 8 月，莫拉克颱風所帶來的驚人雨量，在水土保持不良的山區造成嚴重災情，土石流毀壞了橋樑，掩埋了村莊，甚至將山上許多樹木，一路衝到了海邊，成為漂流木。
>
> 　　請想像自己是一株躺在海邊的漂流木，以「漂流木的獨白」為題，用第一人稱「我」的觀點寫一篇文章，述說你的遭遇與感想，文長不限。（99 年學測試題）

寫作說明

　　這是一篇自傳式的寫作訓練，同學除了將自己比擬成一株漂流木之外，對於人類在自然生態的破壞與大自然反撲的論述也不可或缺，值得注意的是，適度融入氛圍營造，亦能使文章更添感染力。

❖一陣暗藍色的海浪沖涼了我的身體，任由冰冷的海水腐蝕我每一吋的肌膚，但外在的涼和冰冷卻遠遠比不上我胸膛裡的一股心寒。天空從那場噩夢開始，純白天真便被染上一層心痛。雲止不住將要潰堤的淚水，想用兩滴洗滌醜陋的背叛，然而事實卻是帶來一縷更深的陰霾。

　　數不盡的年輪，理不清的歲月，長年傲然立於一丘小山上，我樹種的朋友和孩子是我的歸宿，安穩的地

方；那有智慧的人類，樸實的村民，可愛的男童女童是我守護著的家人，他們愛我、敬仰我，而我也賜予他們土地之神最高的祝福豐饒。

從未想過的日子竟毫無預警的來到，那一天，村子的喧嘩聲刺耳地傳遍整個山谷，其它大樹小樹也煩躁得心神不寧，村長領著一批陌生人進入山林，身邊的葉子各個瑟瑟發抖，發出沙沙聲響，哭訴一般的喊著：「爺爺，我怕。」我慈祥的面孔安撫著葉子們，隨著清風呢喃：「我們要相信村長。」是的，村長也是我守護到大的孩子，儘管他的樣子早就是白髮蒼蒼的老頭子了，但在我的眼中，他還是一個純真討喜的小男孩，所以我想相信他，他一定會替這這整個村莊擺平騷動。

可惜，我徹底的錯了！要不是我親眼看見那陌生人的頭子給了村長一包厚厚的紙鈔，雙方露出一抹貪婪的邪獰，我才不相信！不相信那孩子會如此背叛我。一個恍神，淒哀的哭嚎聲響徹雲霄，每一棵樹應聲倒地，就彷彿一根根鐵釘子，狠狠插入我的心坎裡，生命、心血一滴滴的流逝，閉上眼睛等待著心痛充斥我的感覺神經。終於，我的視野從鳥瞰村莊變成凝視蒼天，無所謂了！一切都沒了！百餘年的守護，如今被我們信任的人所過止，但願天上的雲能替我大哭一場，我已沒有水分供給，沒有眼淚可以流了！

當日晚上，老天成全了我的願望，雲朵將明月藏在背後，一整夜沉默的嚎啕，釋放那被怨氣所禁錮的靈魂。一陣天搖地動，巨石伴著泥沙由上而下滑，往那個

我珍愛的村莊俯衝而下，我無能為力，眼睜睜的看著它被覆蓋、被掩埋。一切來的太突然，一波波的巨石和泥流，夾雜被砍倒的木材，向我襲來，我害怕的緊閉雙眼，隨著騷動四處飄盪，再度撐起眼皮之時，家園在哪？我不知道；我身處何方？更無從得知。

　　我的年紀我已經記不大清楚了！村民的模樣、村子的輪廓也逐漸在腦海中模糊淡去。終其一生，我向老天祈禱，只求一個「安」字，但諷刺的是：多少年的平平安安、安靜安穩，竟沒有現在來的安逸。

　　每天早上，海鳥與我聊天；晚上海浪聲伴我入眠，星光閃耀是我的門衛，招潮蟹是借住的客人；論到怨恨，這是早已不重要了！老天給予的懲罰早就足夠了！比起對背叛我的人感到恨，現在我更想憐憫他。（李佳美）

評語 時空的流轉，經營得非常細膩，模擬漂流木的心境轉折，亦豐富而有變化。

❖二○○九年八月，我隨著莫拉克颱風帶來的雨天，沖刷到山腳下，在海上載浮載沉，不知誰能支撐我心中的憂愁，帶我遠離這看不見盡頭的世界。

　　原是一株生長在山上的大樹，雙臂可以遮蓋天空，山上的昆蟲、動物與做朋友，鳥兒歡喜在枝頭上唱歌，優美的歌聲撫慰我的身軀，松鼠在我的頭頂上跳躍，鑽過來穿過去與我捉迷藏，抖落一地落葉，男男女女在樹

下乘涼，訴說家常，喝口茶，傾訴衷曲，唱首歌，聽得我津津有味，樂滔滔，從人生的真諦到生命意義，讓我更加瞭解世界的面貌。

到如今，不再有人來我身旁乘涼，而是一個手拿斧頭的人往我身上砍阿砍阿。山坡上濫墾濫伐，蓋了一幢又一幢別墅，在順向坡上種植檳榔樹，土石不斷的流失，隨意種植農作物，我的樹木朋友愈來愈少，樹根沒了，土也不見了，蝴蝶蜜蜂減少了，松鼠遷移了，鳥兒飛走了，牠們都跟著大樹離開了，消失在世界那一端，只剩下隨風搖曳的小草。

在一個黑漆漆的夜晚，大雨下個不停，耳邊不時傳來轟轟雷聲，彷彿受到老天爺詛咒似，心情跟著天氣變化愈發緊張，深怕抵擋不住大雨的衝擊滑落谷底，雨使我身旁泥土愈來愈軟，腳下的土一塊一塊的流走，我就要抓不住了，我快撐不住了，嘩——嘩——嘩，我掉下去了，碰上岩石，我的手，我的腳，我身體，我的頭，我的身體分開了，隨著河流飄浮，一個沒有盡頭的旅行送走我身體。

如今不再是當年那棵高大挺拔的大樹，而是一塊在海上漂流的流木，沒有鳥兒、松鼠、蜜蜂、蝴蝶作伴，也沒有世間男女傾訴衷曲，既不能升火，又不能蓋房子，只剩下嘆息哀聲，不不不，就讓我多想一會兒，讓我多待一下，我不要，我不依，不要叫醒我，讓我在夢裡睡著，直到我腐爛。（蔡榮敏）

評語 在自己假設的情境中載浮載沉，似幻似真，筆觸中充分展現細膩的心緒與感性的思維，遣詞造句與氛圍營造均有長足的進步。唯行文的謀篇布局需要再用心思，才能使故事的合理性及感染力更好。

❖ 在南投的森林中，我是一棵高峭、挺拔又茂密的紅檜。我已經在這片山地存活甚久，我們家族在這裡世世代代的傳承。我們幸運的躲過日本人的肆虐、山老鼠的濫伐，而我們所得到的是人們對我們敬仰與青睞。

　　一九九九年的九月二十一日凌晨，森林中毫無人煙也無蟲鳴鳥叫，一切看似平靜。剎那間，地牛翻身，我看見我底下的土石一一流失下滑，左右兩側的同伴有些也抵擋不住跟著滾滾落下山。雖然我幸運地在我熟悉的山林度過了這次的難關，也躲過了一次次的地震與颱風。然而，二〇〇九年八月，我遇見最嚴重的颱風，這次輪到我去見閻羅王了。根部固定住我的土壤一分分地流失，而我也跟著傾斜、跌倒、滾落山腳下。順著水流，我一路漂流到了位在雲林的濁水溪口。雖然四周都是我在山上的同伴，但是一切都變了。以前的我生活在稍帶寒意的高山地區，而如今的我在濕熱難受的平原地區。以前四周有蟲鳥環繞，空氣清晰無比，如今四周陪伴我的是從來沒見過的生物——魚。不遠處的六輕仍然在排放廢氣，臭味刺鼻。沒有人來關心我了、沒有人欣賞我了，但是心中的優越感依舊存在，沒有因為風吹雨

打而喪失一分一毫。可恨的是因為那份優越感，它讓我感到悲傷、失落。回想起先前在山中的生活點滴，一切都還歷歷在目。孩子們敬畏的眼神、人們指著我說：「哇！好大、好高的樹呀！」那嘆為觀止的眼神，現在想起還會笑呢！

　　因為浸過水的紅檜會變得不香，我也因為滾落山腳經過無數碰撞，外表殘破不堪，失去了雕刻的價值。對人們來說，我已經成為垃圾了，毫無價值，因此政府將我們打撈上岸以防河流堵塞。之後我被送進了焚化廠，一把火把我燒得精光。這令我看見人類的現實，兔死狗烹、鳥盡弓藏。（黃鼎鈞）

評語　能結合環境時事，營造出漂流木的悲慘宿命，實屬難得，景物的描寫、措辭的經營均屬上乘之作。唯結尾的批判稍嫌簡略，「燒得精光」之後的話語有些矛盾，需要修正，但瑕不掩瑜，本篇仍見用心之處甚多。

寫作單元七

你可以決定生命的高度

——生命教育議題的閱讀與寫作

寫作訓練一　文本閱讀與分析

請閱讀下列文章，並根據文章內容回答問題：

　　為什麼學校只教導學生如何在物質上成功，而不教導他們做一個人也要成功？

　　瞭解世俗的瑣事——如證券、期貨或企業管理——並非沒有用處，然而，為什麼我們的學校，除了這些事實之外，不教導學生關注並瞭解人生的真正需求？例如，如何和別人好好相處，甚至更重要的，如何與自己好好相處？如何健康地生活？如何專注？如何發展自己的潛在能力？如何當一個好員工或好老闆？如何找到合適的伴侶？如何擁有和諧的家庭生活？如何維持生活步調的平衡？

　　很少數學老師會對學生說明，數學定理如何應用在日常生活邏輯及普通常識上；很少英文老師會教導學生對異國文化保持敬意；很少自然學科老師會不嫌其煩地讓學生瞭解：將課堂上學到的知識運用在日常生活裡，以創意解決問題。

　　事實！給學生事實！這才是響徹雲霄的呼聲。

　　儘可能將資料塞進學生大汗淋漓的腦袋裡。如果有幸在他畢業之後，腦袋裡還殘留任何普通常識的話，他會懂得如何運用在學習期間被迫吸收的堆積如山的資訊。這種混淆知識與智慧的傾向，成為絕大多數人往後大半輩子的習慣。從來沒有一個時代像現代社會這麼愛

蒐集事實、這麼不重視單純應世的智慧——隨意的發言必須佐以大量統計數字，並以他人的話印證，才可能獲得聆聽。正因為我們的社會將教育和智慧等同於知識，並將知識的累積視為一切教育的終極目標，於是我們認識不到人生是一個機會，一場歷險——人生是發展潛能，成為一個「人」的機會；人生是發現各種自我未知層面的一場歷險。（摘錄自 J.Donald Walters〈知識與智慧的混淆〉）

寫作說明

從文章的篇名就已經透露此文的主題思想是在思辨知識與智慧的不同，而學校教育往往將知識與智慧混淆。因此強調人生應學習提升智慧，而不是累積知識是非常重要的。同學只要能掌握此一脈絡，詮釋此篇文獻的精髓並不困難。

一 這段文字主要在闡明什麼想法？

❖ 現在的學校教育侷限在灌輸資料，而非教導學生運用所學實踐在日常生活中。（李秝嘉）

❖ 現今社會教育系統過於務實，土法鍊鋼而了無新意，不注重為人處事的核心價值，刻板的一貫模式，堵塞人們的心血與彈性。（陳映蓉）

❖ 這段文字主要闡明學校要教學生什麼東西，是教基礎的學科知識，是教如何在物質上成功，還是教他們做一個人要成功。（邱子軒）

❖ 學校教導學生一切知識，但卻沒有教導學生如何活用這些知識，進而使學生一味追求物質上的成功，忽略了做人的成功。（李佳美）

❖ 作者呼籲學校應該以教導學生成「人」，運用所學知識於日常生活中。而非令學生硬記知識，不讓知識與智慧混淆。（黃鼎鈞）

二　作者認為目前學校教育最大的盲點是什麼？他又認為教育最重要的目標是什麼？

❖ 目前學校教育最大的盲點就是只注重資料的填塞，不去探討智慧的運用。不斷填鴨進龐大的學術數據，而沒有教導學生如何落實到生命裡，並內化成自身的人生素養，所以教育最重要的是如何充實自己、發展潛能，讓人有智慧去應對人生這場發現未知的自我冒險。（李秝嘉）

❖ 僅授以物質的知識，為人的精髓智慧則被長期忽略，授課內容也無實際運用，被迫接受排山倒海資訊，混淆了知識與智慧，看重紙本知識，對於處世智慧卻茫然。要

成就沒有缺憾的人生，需要的不只是知識，而是人生需求的真正關懷——如何處事應對人與人之間最普遍而親近的關係。（陳映蓉）

❖ 作者認為目前學校教育最大的盲點是盡可能將資料塞進學生大汗淋漓的大腦裡。如果有幸在他畢業之後，腦袋裡還殘留任何的普通常識，他會把混淆知識與智慧的傾向，成為往後的習慣。他又認為教育最重要的目標是教育該如何成為一個「人」，把人生發展潛能，發現各種自我未知層面的一場歷險。將教育和智慧分離，讓知識化成社會的能力，創造人的核心價值。（邱子軒）

❖ 1.老師只將他們所知道的、教育部規定的、教科書上寫的授予學生，然而學生根本就不能舉一反三的把知識套入人生活當中，就像給學生五菜一湯，卻不給它們餐具一樣，不懂得給他們真正的工具——思想，正是教育最大盲點之所在。
2.目標是要了解自己和他人真正的需求，和別人之間的人際互動，學習更是為了使人生發展潛能。（李佳美）

❖ 盲點是只教導學生知識，而非運用知識於日常生活中。作者希望教育可以改變，除了運用知識外，發展學生的潛能更為重要。讓學生能在人生中發展，挖掘出自己的各項潛能，成為「人」。（黃鼎鈞）

三、依你所見，作者所謂的生命教育的核心價值為何？你是否贊同？請申論自己的看法。

❖ 生命教育的核心價值是培養人成為人，發展自我潛能所需的素養。我很認同這樣的想法。現在的教育偏向功利主義的延伸，使學生常常對於學習的意義感到茫然，也漸漸脫離真正學習的重點。而教育的本質——使人成為「人」，不僅使我們能發現自我，更能使我們肯定自我，在這樣大量資料灌輸的社會，更不會迷失在時代的洪流中。（李秫嘉）

❖ 反思、思考擁有的知識而轉為智慧，實際運用。我不完全認可作者論點，一切知識是進階的基礎，透過知識獨立思考，內化成自身的。反而人與人的相處、生活步調調適，是無從習得，這得由反覆磨合試煉，才更能深刻，就好比老祖宗們，他們沒有經由指導，一切變化創造，以先存的知識為基底，進而推演，我認為失敗的不全是教育系統，世人們該重新檢視自身的人文素養及獨立思考的能力。（陳映蓉）

❖ 作者認為生命教育的核心價值為教導人要成為真正的人，也該教導孩子把知識化成生活中的必需品。我十分贊同，因為課本裡的知識是歷史。歷史不能再重來，如果把歷史轉成生活所需，引發孩子對生活的日常思考，對自己人生來負責做為「人」，而不是一直堆砌不同的

資料，不斷把歷史，化成紙本測驗，來評量與施測教育
的結果。（邱子軒）

❖ 生命教育意味著人生，而人生的核心價值非發展潛能莫
屬，我贊同這樣的說法，因為自己在學習過程中，也時
常對現在的教育手法不以為然，有些老師會開玩笑說：
「你上菜市場，用得到高等微積分嗎？」當然用不到，
但數學老師也從未說明我們為何要學，難道學習的目的
和意義只是為了考試？那麼活到老學到老又是何苦呢？
（李佳美）

❖ 作者認為的核心價值是成「人」，並發展自身的潛能，
轉變所學知識為智慧而融入生命中。我贊同作者的看
法，因為目前的教育方法是填鴨知識而非老師教導如何
運用知識於生命中，雖然學生也許可以自行思考，但如
果有老師的帶領的話，或許更能激發出潛能。（黃鼎
鈞）

 寫作訓練二　為文章下標題

請為下列三篇短文下標題，字數以不超過 15 字為宜。

（　　　　　　　　　　　　　　　　　　　）

　　有一位成功的企業家某次被問到他成功的秘訣，他的回答是：「我允許屬下犯錯，經由錯誤來學習。」相較之下，有多少企業家因為部屬犯了一個過錯便將他解雇。領導者會因為不能寬容屬下的錯誤而落得冷酷的聲名，而這樣的結果是，那些部屬因為害怕犯錯，做事變得刻板僵化，而且完全失去他們可能擁有的創意。

　　教育應該是鼓勵而非強迫孩子發展智慧的一種方法。教育的運作應該切合大自然內蘊的獎懲系統，而且不要過度保護孩子免於去承受他們所犯錯誤的自然結果。同時，教育還應該努力讓孩子以更坦然的態度面對這些後果，使他們不致喪失勇氣，而能明白這就是人生的現實。（J. Donald Walters《生命教育：與孩子一同迎向人生挑戰》）

（　　　　　　　　　　　　　　　　　　　）

　　有兩個兄弟很討人喜歡，可是很沒規矩，內心充滿了野性。有一次因為淘氣而偷羊，結果被村民捉到了。在那純樸的村莊，偷竊是很嚴重的行為。於是村民決定在這兩兄弟的額頭上烙上「偷羊賊」三個字，讓這記號一輩子跟著他們。

　　兩兄弟中有一個對於額頭上的三個字感到很難為

情，於是逃走了，之後再也沒有見過他。另一個則內心充滿懊悔，心平氣和地接受別人對他的懲罰。他選擇留下來，為他所犯的錯誤贖罪，雖然村民不太相信他，他仍努力行善。當有人生病，他會帶著熱湯去照顧病人；當有工作需要，他會趕過去幫忙。村中不管是貧窮或是富有的人，這個偷羊賊都能盡心盡力地幫助他們，而且分文不取。

幾十年過去了，有一位旅人來到這個村莊，他坐在人行道旁的咖啡店吃午餐，看見一個老人，頭上有個奇怪的烙印。他也發現每個經過老人身邊的村民都會停下來，或親切地與他交談，或熱情地與他擁抱。

基於好奇心，旅人向咖啡店老闆打聽：「那個老人頭上奇怪的烙印代表什麼意思？」「我不知道，那已經是很久很久以前的事了……」咖啡店老闆回答，沉思了一會而接著說：「不過，我想他代表的是『聖人』。」（《心靈雞湯：永不放棄》）

(   )

天文學家要掃瞄蒼穹時需要在望遠鏡上安裝一片清晰、透視率精準且研磨精細的鏡片；木匠建造一棟房子時，需要製作精良、同時保養完善的工具；珠寶師傅處理珍貴寶石時，需要足夠敏感的天秤才能稱出小於一克拉的單位。在生活的每個層面，我們都需要正確的工具，尤其在這個科技日趨繁複的時代，我們必須投入龐大的心血，致力於工具的發展與維護。

然而，讓我們驚訝的是，每個人都必須仰賴的最基

本「工具」——人的自我、身體與腦袋，竟然得到那麼少的關注。

人的身體如果不以敏感的態度和正確的覺知來照顧，最終可能變成自己最難纏的敵人。因為一個病痛的肉體會阻礙任何追求成就的意志，一個烏雲罩頂、渙散脆弱的腦袋更無法清晰地理解任何事物。我們現代的教育一直在給予孩子追求成功的外在工具，卻從來很少建議他如何發展自己的專注力、記憶力及清晰的思考力。缺少了上述的工具，就好比一支鐵鎚或一把鋸子落入敵人的貓爪之中。（J. Donald Walters《生命教育：與孩子一同迎向人生挑戰》）

寫作說明

為文章下標題就好像報社主編為新聞文稿訂標題一樣，除了具備創意以吸引讀者之外，最重要的還是能呼應文章的核心情裡。所以，掌握文章的綱領或主旨非常重要。

❖ 1. 坦然面對錯誤
  2. 悔改，能夠改變成見
  3. 內在工具的必要（李秭嘉）

❖ 1. 彈性善用錯誤是成功的累積
  2. 正視過錯，罪名將被洗刷，善念永存
  3. 善用與生俱來的工具才是根本（陳映蓉）

❖ 1. 犯錯的藝術學習——如何包容與接納

　2. 從哪裡跌倒，就從哪裡站起來——面對錯誤的決心

　3. 誰是自己不敢面對的敵人——從人最基本的工具談起
（邱子軒）

❖ 1. 犯錯——推動成功和發展智慧的原動力。

　2. 行善淡化一輩子惡的烙印。

　3. 最基本的工具是最正確的工具。（李佳美）

❖ 1. 犯錯與創意，坦然面對後果

　2. 知錯能改，善莫大焉

　3. 自己是敵人還是朋友，運用本身的工具（黃鼎鈞）

 寫作訓練三 文章補寫

　　下列文章是一則小故事，雖然文章中有部分空缺，但是文意仍然可以掌握。若將空缺處加以擴充補寫，則文章會更精彩可觀。請先閱讀，再依文末提示作答。

　　因為工作性質的關係，我經常必須搭飛機往返臺北與其他偏遠的城市，通常在飛機回家的路上，我會儘量放鬆自己，讀一些消遣性雜誌，或閉目養神。雖然心胸坦然，卻常常祈禱，無論坐我旁邊的會是什麼樣的人，就讓一切順其自然吧，請幫助我坦然以對。

　　這一天，我走上飛機，看見一個小男孩坐在我旁邊靠窗的位置，（①）。雖然我喜歡小孩，但是我實在累了，直覺的反應是：老天啊！我要如何應付這個小男孩。儘管如此，我還是友善地向他問好，並且自我介紹，在幾次寒暄閒聊之後，小男孩突然對我說這是他第一次坐飛機，心裡非常不安。

　　「坐飛機沒什麼大不了！」我試著安慰他：「我向你保證，坐飛機比你從前做的任何事還要容易。」我心裡想了一下，然後問他：「你有沒有坐過雲霄飛車？」

　　「我喜歡坐雲霄飛車！」小男孩興奮地回答。

　　……（②）

　　飛機開始在跑道上滑行。起飛之後，他看著窗外，開始興奮地告訴我對雲的想法。

　　……（③）

我見他完全忘記搭飛機的恐懼，而且臉上的表情既興奮又雀躍。他向我說，他想上廁所。我站起來讓他過去，這時我才發現他的腳上的金屬支架。他一步一步地走向廁所，不久又一步一步地走回座位。他向我說：「（④）」

當飛機緩緩降落，他看著我，對我微笑，有點不好意思的小聲對我說：「你知道嗎？我之前很擔心，怕自己旁邊坐一個兇巴巴的人，不跟我講話，我真的很高興坐在你的旁邊！」

原來，保持開放的心靈是一件多麼有意義的事。我一直是個老師，此時卻感覺像個學生。

1.（①）請描述這小男孩的外貌、神情與特別的動作。

2.（②）請設計一段對話，完整鋪敘作者說服、安撫小男孩的過程。

3.（③）請補寫小男孩如何敘述他對雲的想法。

4.（④）請完整描寫小男孩敘述自己腳上支架的原委。

5.上述四個空缺的部分，請各以 30 到 50 字的篇幅擴寫補足。

寫作說明

文章補寫雖然不是國家考試的十四種題型之一，但是依然常常出現在寫作訓練中。故事的補寫可以訓練同學的想像力，也能發揮你的創意思考。此篇文章是一個老師與一位殘障小男孩的互動對話，主要在闡述開放的心靈的重要性，所

以，掌握主旨也有助於你去鋪陳故事。

❖ ① 清澈的大眼透露出些許的不安，卻仍然四處張望著。臉上緊繃的線條毫無掩飾，乾淨的短髮襯托著白嫩的稚臉。

② 「飛機就像慢速的雲霄飛車啊，它會平穩地在空中飛，沒有雲霄飛車的快速奔馳和起伏差落。不要太緊張，深呼吸，你一定會喜歡坐飛機的。」我拍拍他的肩。

③ 他眼中閃爍著光芒說：「白白的雲就像軟軟的棉被，看起來好舒服喔！好想在上面跳來跳去，感受純白色的溫暖包圍著自己的感覺喔！」

④ 我一出生就沒有雙腳了，雖然從來沒有感受過實實在在踏在地上的感覺，可是有了金屬支架，我仍然能夠去我想去的地方，也讓我更珍惜能夠四處走動的機會。我覺得自己很幸運呢！（李秫嘉）

❖ ① 不安的躁動，小手緊按在伏手上，急促的呼吸聲，眼球快速掃動，試圖快速融入氛圍，熟悉環境，一見到我坐下，立即湊上。

② 我輕輕地道：「飛機就是長途的雲霄飛車，飛得更高更遠更廣闊，衝破雲層，劃過雲際，不像雲霄飛車的速戰速決，你能享受遨遊天際、瀏覽之趣。」

③ 指著其中一團厚實淨白的雲朵，開始他天馬行空的想像，聽來天花亂墜，率真、單純從話語中流露，不覺

溢乎言表。

④我出生時便四肢不全，這兒的體制不能給我健全的發
展，爸媽決定送我到國外特殊學校，希望廣闊的世面
能予我更開闊的心胸，不為生理限制所束縛。（陳映
蓉）

❖①他面目猙獰，腳上裝了一支金屬的支架。臉上的緊張
不可言喻，但他汗如雨下，正襟危坐，不知道為什麼
一直窮緊張？為了什麼而害怕？

②那我告訴你：坐飛機時，猶如雲宵飛車，忽然往上
後，即平穩的往前。這時，就會有服務人員來賣糖
果、送便當……；忽然往下後，代表著這趟的冒險旅
行即將結束。

③哇！它白白又亮亮，在藍天的照耀下，一閃一閃而潔
白漂亮，猶如我家一樣的棒。

④沒事啦！這個支架是我的第二生命，不論風吹、日
晒，它永不停止，帶著我去旅行。若我沒記錯，好像
三歲高燒而有的。至於，詳細情節，不大清楚。（邱
子軒）

❖①粉嫩的臉蛋，頭頂著一叢蓬鬆的黑髮，大眼透出天真
和不安，門牙輕輕咬著薄唇、眉頭鬆緊交替。

②那你大可不必擔心了，雲宵飛車上爬的過程和飛機起
飛的過程極為相似，你一定會喜歡那種感覺。

③好漂亮阿！怎麼有一種自由自在的感覺呢！第一次俯

視雲朵，好像棉被裡的棉絮，又有地毯的樣子，原來
坐飛機還能看到這樣的景色，真好！

④你會覺得我很可憐吧，不過千萬別這麼想，因為我樂
於我現在這個樣子，如果我的雙腳沒有這樣的困難，
我想我看到那些行動不便的人時，我就不會擁有同理
心，只會心生憐憫而不去伸手出援手。（李佳美）

❖①小男孩靜靜地坐在椅子上，因為緊張而一直抓衣服、
轉圈圈。眼神恍惚直視前方，而且坐立不安。

②雲霄飛車左右旋轉，速度快慢無常，坐起來暈頭轉
向，但飛機平穩安全，你不必擔心。你可以看看窗外
的藍天白雲，這樣就不會緊張了。

③哇！雲朵好美喔！而且有各式各樣的造型呢！你看，
那朵好像一列火車，長長的，車頭還會冒煙。

④我腳上的支架，是一次車禍所造成的。我只記得我被
一輛車撞上並迅速的飛起，著地後就昏迷了，醒來時
醫生已經裝上支架了。（黃鼎鈞）

寫作訓練四 引導寫作

> 人生有如一條長遠的旅途，其間有寬廣平坦的順境，也有崎嶇坎坷的逆境。你曾經遭遇到什麼樣的逆境？你如何面對逆境，克服逆境？請以「逆境」為題，寫一篇文章，可以記敘、論說或抒情，文長不限。（98年學測）

寫作說明

1. 要深刻詮釋「逆境」，必須先瞭解「人生」是什麼？生命的意義在哪裡？從這一單元的生命教育可尋求答案。
2. 順遂的人生並非寫不出深刻的逆境，請你先建立觀念，仍可寫出情采並茂的文章。
3. 請注意氛圍營造，仍有烘托此文之效。

❖ 人生這條長遠的旅途，各種景色、情境交織的旅途，有時是如康莊大道般的順境，有時卻是像黑暗深淵一樣的逆境。逆境，能使人茁壯，也可能讓人一蹶不振。面對逆境時的態度，就決定了你能否走過這個難關。現在的小孩，生活不虞匱乏，我也不例外，每天都過著幸福快樂的日子。直到高三，迎面撲來的沉重課業，在我假性的自我欺騙下，如浮雲般不曾是壓力，卻實實在在地影

寫作單元八

響了我，深深地打亂了我的生活。而且在我渾然不知的情況下，愈發不可收拾。

　　向來淡泊地看待分數、成績的我，上了高三後就開始頻頻生病、無故疼痛，一經檢查過後才發現極有可能是壓力引發的精神疾病。從來不給自己壓力，卻因壓力太大而生病，多麼荒謬啊！我根本無法相信。因為無故的病痛而使得我每天身心俱疲，每天晚上沒來由的心情低落、想哭，甚至是輕生的念頭在腦中揮之不去。別人最大的敵人是升學考試，我卻覺得最大的敵人是自己，是自己這顆振作不起的心和這具軟弱無力的軀體。每一天睜開眼想到自己仍身陷在這樣無止盡的漩渦裡，不斷地痛苦下去，無法脫身。那種無力、無助遍佈全身，就好像千百隻螞蟻，從皮膚慢慢啃食到我的心，將我的皮肉撕裂，將我的精神耗盡。我面對著心靈上莫名痛苦、厭世的情緒，這樣時刻在和自己拉扯的逆境，除了徬徨和更深的悲痛，我好像什麼都感覺不到。

　　幸好，就在我深陷其中，無法自拔地陷溺於逆境時，一雙溫柔的手拯救了我──心理治療師。在自己存在的偏頗觀念，教我如何紓壓⋯⋯。經過他慢慢地付出耐心與愛心下，我漸漸地走出來，現在的我可以大聲說：「我並沒有壓得我喘不過氣的課業壓力！」差點就得了憂鬱症的我，很幸運地獲得了適切的治療與輔導，我轉而用積極樂觀的角度思考，還好其間有他人的協助，我終究擺脫逆境，活出自我。

　　無論是什麼樣的逆境阻礙著你，無論是不是有人在

一旁協助你，自己樂觀的思維及勇於面對的態度，才是能否克服逆境的重要關鍵。不要輕易地放棄，不管是什麼樣的難關一定都能迎刃而解。（李秭嘉）

評語 能說出自己精神疾病，甚是勇敢，也代表你有面對逆境的勇氣與決心，字裡行間充滿你對逆境的永不妥協。行文若能融入氛圍營造，文章會更有感染力。

❖ 處於逆境的當下，苦悶、失意交迫，好比全世界與你為敵，然而雨過天青，由逆轉順的剎那，一切由阻力轉為助力，你才明瞭，逆境所帶來的更深層的生命意涵。

升學壓力在嚴峻的教育體制下無從解脫，欲尋覓管道宣洩，終被自身的頑固死腦筋打了死結。一直以來，親朋好友及師長對於我課業表現凸出的讚不絕口總是我緊繃的來源，也因此我的自信及自尊日益跋扈，臉皮更相對的薄，「天朝上國」心態的我至此不願傾露出自己的短處，就怕破壞了長久以來被樹立的形象。機械不可能保持永遠的高效率完美型態，更何況是肉身組成的我，身心疲乏轟炸，伴隨著學業表現的每次愈下，漸漸得我不願和他人促膝長談，面對關心問候，也只是含糊略過，我將自己反鎖在幽暗深淵。

那段日子，我也不願去學校上課，學習進度停擺，腦子裡再也容不下墨水，而盡是一些古怪念頭和無止盡的扼殺，僅存的樂趣，便是翻閱大量書籍，試圖在每本

小說裡的角色身上，找尋共通點，利用我們相同的處境，或得些許安慰；試圖在每本勵志書籍的作者論點，尋求解脫處，揣摩心境欲更貼近真理，依託所得慰藉。然而如同死結一般，綑上繫上後，遍尋不著起點終點，向輪迴般無止盡；陀螺一般，杵在原地打轉，無從前後左右，轉得頭暈目眩也身不由己，這就是當時生活寫照。直到一次偶然，我看了一篇清大教授的文章，一切迷思才由此舒展……

「人生是由單一事件串起，一時的得與失，並不會改變結果。」我頓時領悟，原先束縛我四肢的藤蔓隨之消逝，我這才明白，至始至終是我的畫地自限，作繭自縛矇蔽了朝陽，驕與傲造就了我自持的不敗神話，卻也狠狠把我逼向邊緣，幾乎就要往下墜。然而，大考將近，即使卯足全力奮力衝刺也彌補不了這段日子的荒蕪，對於結果，我欣然接受，雖然與理想和目標相去甚遠，但這次的收穫是我的重生和生命的真諦。

記得有人說過，走人生的旅途就像爬山一樣，看似走了許多冤枉路，但終究到達山頂。（陳映蓉）

評語 文筆細膩，敘事深刻動人，雖然只是你人生中的小小挫折，對於橫逆的體會與領悟亦足以發人深省。行文可融入適切的景物氛圍，文章會更加感人。

❖悠揚的鋼琴旋律自一棟磚紅色的公寓傳出，突然間音樂像是跳針的唱片總是重複在同一個樂句上，接著連續兩

個小時的跳針之後，一個極度不和諧的音色重要的砸在黑白相間的鋼琴琴鍵上，從公寓中那第四層茫然的窗牖散播寥寥星峰的天際。

　　客廳的光明充足，正中央的電扇搧起徐徐微風，一個女孩穿著無袖的棉質上衣，後腦勺早已紮起一束高高的馬尾，雙頰由緋轉紅，汗珠子從鬢角和額眉之間輕輕滑過輪廓，還在白皙的頸部繞了三匝，她的小手和細短的手臂又麻又酸，甚至在不知覺之中，皮膚的觸覺完全喪失了。

　　為了配合同學宛轉深幽的歌聲，荒廢兩年鋼琴的她，用無力又狹窄的肩膀，扛起了重責大任。然而，她因遇到了學校段考和大大小小的活動，使她整整浪費了一個月可以練習的時間，直到她深刻感受到，自己的速度完全勾不著同學的速度時，她才恍然大悟，徹底清醒，開始以幾乎荒廢課業的瘋狂程度，一天不低於兩小時的練習，想要趕上同學。

　　她是個容易緊張的小姑娘，再加上被賦予了很沉重的使命，在壓力和緊張的化學合成之下，使他腦筋一片空白，縱使他練得很熟，還是跟不上那輕快靈巧的速度。

　　指揮很慎重且嚴肅的告訴她：「如果再跟不上，就得換人了。」這個告誡叫她如何甘心，她幾乎要荒廢所有的課業，嘔心泣血之後，所有努力將白費嗎？她想放手一搏，若是沒有競爭對手，她也不會拼上性命去把曲子練得從容，她增多了練琴的時間，真正的逆境並非有

人將代替她成為伴奏，而是她那雙小手因練習過度，進而引發了肌腱炎，一路從手腕的關節，綿延千里至提肩胛肌，然而她卻沒有好好休息，依然繼續練習。

如斷了線的珍珠項鍊，大顆小顆的淚滴和汗珠交雜著參混其中，她發現自己雙手無力，尤其又以右手特別嚴重，連握筆也能痛到骨子裡。她付出了如此多，但她卻一而再，再而三的敗給不爭氣的心理作用——緊張，又再一次陷入腦筋空白的深淵裡，心中的不平只能往肚子裡吞。雖然逆境成功的將她制伏在地，但她卻掙扎了不下數十次，她盡力了！她努力過了！她付出過了！他也下定決心了！在未來，無論是大事小事，任何的挑戰和考驗，她都要像這次一樣拼命，她不相信自己會在下一次逆境中，再被制伏，她肯定的告訴自己：「下一次，將會由我來制服逆境。」（李佳美）

評語 情境的敘述與描寫愈見深度，也愈見你寫作的用心。說理貼切，氛圍營造亦發揮深刻的感染力量。

❖ 每個人的人生當中，難免會有一些逆境。雖然我們不樂見逆境的到來，但是如果人生少了逆境似乎又缺少什麼。轉開電視，看見尼克隊開季至今從未輸過，但反觀金塊隊卻正值十連敗的逆境中，不禁令我想起我最坎坷的逆境。

北北基聯測後的教室，聽不見琅琅的讀書聲，看不見老師檢討考卷。只看到學生手上捧著掌上型的遊樂器

把玩，只聽見學生們聊天的聲音。這天，大家一如往常的遊戲，老師放鬆地打電腦、讀小說。但大家都知道今天要發成績單，而大家的內心早已猜測、定奪了自己大約的分數了。當我拿到成績單時，我整個崩潰了，完完全全的大失常，比預測的低了二十五至三十級分。五十七級分！這讓我無法接受，而我還記得那節課是我最喜歡的歷史老師的課，她看見我崩潰，立刻來安慰我。而我也下定決心重新再拚一次，考第二次基測。

但失敗後的重新爬起，還是需要一些調適的，內心的難過短時間內無法消除。而我就是因為知道基測會影響到就讀何所高中，換言之，即是會影響自己的未來。因此我一直在內心中勉勵自己奮發向上，人生不如意十常八九，不要因為一次的失敗而放棄。雖然未來找工作時，一般的公司不會問就讀的高中，但是因為內心的不服輸，我努力去拚了第二次基測，而結果至少也進步了頗多。

逆境，或許是上天給的一個試金石，要來測試我們的應變能力。而人生特別的地方就在於沒有預先的結果。一步錯可能步步錯，而一步對可能飛黃騰達。唯有自己的努力，腳踏實地的認真才能克服逆境，畢竟黑夜再怎麼長，白晝總是會到來。而人生總是要有裂縫，陽光才照得進來。（黃鼎鈞）

 本篇的論述深刻，精闢見解頗能說服人心，尤其以自己的遭遇為例，其說服力是加倍的。唯謀篇若能跳脫傳統的「論─敘─論」，改為「敘─論─敘」，應能使自身的事例營造特殊氛圍，其感染力是更強的。

參考文獻

一 作文教學相關文獻

仇小屏 　《限制式寫作之理論與應用》 　臺北市 　萬卷樓圖書公司 　2005年10月初版

陳滿銘 　《章法學論粹》 　臺北市 　萬卷樓圖書公司 　2002年7月初版

陳滿銘 　《章法學綜論》 　臺北市 　萬卷樓圖書公司 　2003年6月初版

陳滿銘 　〈意象與辭章〉 　《修辭論叢》第六輯 　臺北市 洪葉文化事業公司 　2004年11月初版 　頁351-375

陳滿銘主編 　《新式寫作教學導論》 　臺北市 　萬卷樓圖書公司 　2007年3月初版

陳鵬翔 　《主題學理論與實踐》 　臺北市 　萬卷樓圖書公司 2001年5月初版

黃慶萱 　《修辭學》 　臺北市 　三民書局 　2002年10月增訂三版一刷

楊如雪 　《文法ABC》 　臺北市 　萬卷樓圖書公司2002年2月再版

蒲基維 　《辭章風格教學新論——以中學詩歌教材為研究對象》 　臺北市 　萬卷樓圖書公司 　2005年11月初版

蒲基維等 　《文采飛揚——新型基測作文教學題庫》 　臺北

市　文揚出版公司　2006年12月初版

蒲基維主編　《讓青春的意象遄飛——二〇一二年暑期文學
　　　　寫作營學生作品精選集》　臺北市　萬卷樓圖書公
　　　　司　2013年1月初版

蒲基維　《語文教學的理論與實踐》　臺北市　萬卷樓圖書
　　　　公司　2013年8月初版

黎運漢　《漢語風格學》　廣州市　廣東教育出版社　2000
　　　　年2月一版一刷

二　跨領域學科相關文獻

J. Donalod Walters原著　林鶯譯　《生命教育：與孩子一同
　　　　迎向人生挑戰》　臺北市　張老師文化事業公司
　　　　2000年4月初版六刷

李瑞騰主編　《文化新視野》　臺北市　文訊雜誌社　2008
　　　　年7月初版

何春蕤等　《性／別校園——新世代的性別教育》　臺北市
　　　　元尊文化　1998年10月初版

吳若權　《「媒」事來哈啦》　臺北市　富邦文教基金會
　　　　2006年1月初版

林信華　《我所看見的臺灣社會》　臺北市　書泉出版社
　　　　2009年2月初版

林燕卿　《校園兩性關係》　臺北市　幼獅文化　2000年9
　　　　月出版十一刷

林燕卿　《新舊男女兩性平權新視野》　臺北市　幼獅文化
　　　　1999年10月初版

孫小英主編　《e世代男女方程式》　臺北市　幼獅文化
　　2001年5月初版

高成鳶　《從飢餓中出發──華人飲食與文化》　香港　三
　　聯書店　2012年5月第一版

張中孚　《小咖人際學》　臺北市　老樹創意出版中心
　　2010年4月第一版

焦　桐　《臺灣肚皮》　臺北市　二魚文化　2013年5月二
　　版

葉啟政　《臺灣社會的人文迷思》　臺北市　東大圖書公司
　　1991年11月初版

傑克‧坎菲爾等編　《心靈雞湯──永不放棄》　臺北市
　　晨星出版社　2003年12月出版九刷

編輯人員名單

總策劃：羅美娥

主　編：蒲基維

教材研發（國文科教材編寫社群）：
　李彩鳳、李瑋娟、林克莉、胡旃瑜、陳雅萍、張純美、
　楊百菁、蒲基維、蔡幸君

學生作品作者：
　李秝嘉（102級）、紀佳彣（102級）、陳映蓉（102級）、
　楊皓宇（102級）、江雅晏（103級）、李佳美（103級）、
　李念茵（103級）、林辰樺（103級）、林圓倫（103級）、
　吳宜庭（103級）、陳嘉萱（103級）、莊韻儒（103級）、
　黃安汝（103級）、黃鼎鈞（103級）、黃麟茜（103級）、
　馮偉倫（103級）、鄧鈞至（103級）、邱子軒（104級）、
　蔡榮敏（104級）

封面插圖：黃麟茜構圖、藍鈺翔彩繪

內頁插畫：黃麟茜

校對組：邱子軒、黃鼎鈞、黃麟茜

國家圖書館出版品預行編目(CIP)資料

讓青春的意象遄飛（第二輯）：二０一三年【假日文學寫作班】
學生作品精選集/ 蒲基維主編.-- 初版.-
臺北市：北市西松高中, 2014.01
面；　公分. -- (文化生活叢書.藝文采風)
ISBN 978-986-03-9387-3（平裝）

830.86　　　　　　102025134

讓青春的意象遄飛（第二輯）

—二〇一三年【假日文學寫作班】學生
作品精選集

2014 年 1 月 初版 平裝

ISBN　978-986-03-9387-3　　　　　　定價：新台幣 280 元

總 策 劃	羅美娥	發行人	羅美娥
主　　編	蒲基維	發行所	臺北市立西松高級中學
教材研發	李彩鳳等	地　址	105 台灣台北市松山區健康路 325 巷
學生作品	李秄嘉、紀佳彣		7 號
作者	陳映蓉等	電　話	02- 25286618
封面插圖	黃麟茜構圖	銷售點	萬卷樓圖書股份有限公司
	藍鈺翔彩繪	地　址	106 臺北市羅斯福路二段 41 號 6 樓之 3
內頁插畫	黃麟茜	電　話	02-23216565
校對組	邱子軒、黃鼎鈞	電　郵	service@wanjuan.com.tw
	黃麟茜	印　刷	百通科技股份有限公司
		設　計	斐類設計